半《はん》妖《よう》リサーチ!

Han-yo Research!

雪《ゆき》菜《な》

雪女《ゆきおんな》。
妹《いもうと》をさがしている。
夏音《かのん》のことを気《き》に入《い》り、
街《まち》にとどまっている。

星《ほし》川《かわ》杏《あんず》

夏音《かのん》の親友《しんゆう》。
こわい話《はなし》が大好《だいす》きで、
夏音《かのん》がオカルトについて
くわしいと知《し》って
仲良《なかよ》くなった。

謎《なぞ》の少《しょう》年《ねん》

アイドルのように
美《うつく》しいけれど、
正体《しょうたい》は……?

青《あお》い目《め》の人《にん》形《ぎょう》

理科室《りかしつ》に
飾《かざ》られている
人形《にんぎょう》。

目《もく》次《じ》

Contents

プロローグ

夕暮《ゆうぐ》れどきの5時少《じすこ》し前《まえ》。

下校時刻《げこうじこく》ギリギリに、5年生《ねんせい》の**安住沙織《あずみさおり》**は、図書室《としょしつ》であわてていた。

本《ほん》を読《よ》んでいたら、夢中《むちゅう》になって下校時刻《げこうじこく》ギリギリになってしまった。

司書《ししょ》の先生《せんせい》に言《い》われて、沙織《さおり》はいそいで本《ほん》の貸《か》し出《だ》し手続《てつづ》きをして、図書室《としょしつ》を出《で》る。

暗《くら》くなって人気《ひとけ》のない学校《がっこう》に、ちょっと怖《こわ》さを感《かん》じつつも、ろう下《か》を走《はし》って昇降口《しょうこうぐち》に向《む》かう。

先生《せんせい》も見《み》ていないし、走《はし》っても注意《ちゅうい》されないよね。

そんなことを考《かんが》えていると、ふと、ピアノの音《おと》が聞《き》こえてくる。

「まだ、ピアノを弾《ひ》いてる人《ひと》がいるの？」

沙織《さおり》は、もしかして自分《じぶん》みたいに熱中《ねっちゅう》して、下校時刻《げこうじこく》だっていうことを忘《わす》れているのかも、と思《おも》い、方向転換《ほうこうてんかん》して音楽室《おんがくしつ》に向《む》かう。

お節介焼《せっかいや》きだとは、よく言《い》われる。

でも、聞《き》こえてしまったなら、ほうっておくのもムズムズして落《お》ち着《つ》かないのが、沙織《さおり》の性格《せいかく》だった。

ピアノの音《おと》ならここにちがいない、と音楽室《おんがくしつ》に近《ちか》づいたところで、音《おと》がとぎれる。

「下校時刻《げこうじこく》だって、気《き》づいたのかな」

それならいいけど、いちおうのぞいてみよう。

そう思《おも》って沙織《さおり》は、音楽室《おんがくしつ》のドアについた窓《まど》から、中《なか》をのぞく。

でも、音楽室《おんがくしつ》の電気《でんき》は消《き》えていて、だれもいない。

「あれ？　ここじゃない。ほかにピアノを弾《ひ》けるところって、あったっけ？」

沙織《さおり》は首《くび》をかしげる。

音楽準備室《おんがくじゅんびしつ》だろうか。

でも、あっちは楽器《がっき》がたくさんおいてあって、児童《じどう》は必要《ひつよう》なときにしか入《はい》れない。

体育館《たいいくかん》にもあるけれど、さすがにそこで弾《ひ》いてるピアノの音《おと》なら、沙織《さおり》もわかる。

とにかく、音楽準備室《おんがくじゅんびしつ》ものぞいてみよう。

そう考《かんが》えて、ドアからはなれようとしたら、またピアノの音《おと》がする。

「え？」

聞《き》きまちがいじゃない。
目《め》の前《まえ》の音楽室《おんがくしつ》から、**ピアノの音《おと》が聞《き》こえる。**
沙織《さおり》は、目《め》をこらす。
だけど、ピアノの前《まえ》のイスには、だれもすわっているようには見《み》えない。
ドアを開《あ》けて、確認《かくにん》してみようか。
沙織《さおり》がそう思《おも》って、ドアに手《て》をかけたとき、
ジャンッ！
と、ピアノが大《おお》きな音《おと》を立《た》てる。
次《つぎ》の瞬間《しゅんかん》――。
大《おお》きな影《かげ》が、ピアノのほうから沙織《さおり》に向《む》かってくる。
「**ママー**」
影《かげ》から、小《ちい》さな女《おんな》の子《こ》のような細《ほそ》い声《こえ》が聞《き》こえた。
「**きゃあああああっ！**」
沙織《さおり》は悲鳴《ひめい》を上《あ》げて、学校《がっこう》を飛《と》び出《だ》して全速力《ぜんそくりょく》で家《いえ》まで走《はし》った。
次《つぎ》の日《ひ》、沙織《さおり》は先生《せんせい》に昨日《きのう》あったことを報告《ほうこく》したが、信《しん》じてもらえなかった。

1 よくある学校《がっこう》の怪談《かいだん》？

「理科室《りかしつ》の掃除《そうじ》って、けっこう大変《たいへん》だよね」

わたし――一ノ瀬夏音《いちのせかのん》は、空気《くうき》の入《い》れ替《か》えのために、理科室《りかしつ》の窓《まど》を開《あ》けながら小《ちい》さくため息《いき》をつく。

理科室《りかしつ》の掃除当番《そうじとうばん》は、5、6年生《ねんせい》のクラスから毎週《まいしゅう》1班《ぱん》ずつ出《だ》して、交代《こうたい》で行《おこな》うことになっている。

今週《こんしゅう》は、わたしたちの班《はん》が当番《とうばん》だ。

「そう？　先生《せんせい》の目《め》もないし、掃除《そうじ》するところも多《おお》くないし、楽《らく》じゃない？」

そう答《こた》えたのは、ミディアムロングの髪《かみ》に、両《りょう》サイドにリボンをつけた星川杏《ほしかわあんず》。

わたしの一番《いちばん》の友達《ともだち》だ。

「逆《ぎゃく》にそれが気《き》をつかわない？」

さわってはいけない棚《たな》もあるし、壊《こわ》れそうなビーカーとか試験管《しけんかん》とかも置《お》いてある。

そういうものがあるところの掃除《そうじ》って、なんだかヒヤヒヤするんだよね。

でも、そう思《おも》っているのは、わたしだけらしい。

ほかの当番《とうばん》のクラスメイトは、おしゃべりしながら楽《たの》しそうに掃除《そうじ》をしている。

「それより夏音《かのん》知《し》ってる？　最近《さいきん》、学校《がっこう》で**怪談《かいだん》のウワサ**が広《ひろ》まっているんだよ」

杏《あんず》がうれしそうに、わたしのほうにぐいっと寄《よ》ってくる。

わたしと杏《あんず》が仲良《なかよ》くなった一番《いちばん》の理由《りゆう》は、お互《たが》いにオカルトにくわしいっていう共通点《きょうつうてん》があったからだ。

杏《あんず》はオカルト好《ず》きで、インターネットやウワサ話《ばなし》など、いろいろなところから情報《じょうほう》を得《え》てくる。

それによく付《つ》き合《あ》うことになるのが、わたしだ。

「学校《がっこう》の怪談《かいだん》ってこと？　そんなうれしそうに話《はな》すことじゃないと思《おも》うけど」

わたしは、顔《かお》をしかめる。

杏《あんず》とわたしの共通点《きょうつうてん》は、オカルトにくわしいことだけど、ちがうところもある。

杏《あんず》はオカルトに自分《じぶん》から飛《と》びこんでいく、**大《だい》のオカルト好《ず》き**。

わたしは、オカルトを感《かん》じると鳥肌《とりはだ》がたって、失神《しっしん》してしまう**オカルトアレルギー持《も》ち**。

そのせいで同《おな》じオカルトにくわしい同士《どうし》でも、オカルト話《ばなし》を聞《き》いたときの反応《はんのう》が、百八十度《ど》変《か》わるんだよね。

「だって、うちの学校《がっこう》って怪談《かいだん》なんて今《いま》までなかったんだよ。わたしがどれだけがっかりしたことか……」

「がっかりしてたのね……。それでどんなウワサなの？」

「あれ？　夏音《かのん》が怪談《かいだん》に興味《きょうみ》を持《も》つなんて、めずらしいね」

「いや……知《し》らないとさけられないでしょ」

わたしはごまかす。

じつは、わたしには杏《あんず》にも話《はな》していない**秘《ひ》密《みつ》がある。**

正《ただ》しくはついこの前《まえ》、秘密《ひみつ》が新《あたら》しくできた。

転校生《てんこうせい》の**夜見坂君《よみさかくん》**という男《おとこ》の子《こ》と、怪異《かいい》と人間《にんげん》の間《あいだ》に起《お》こるトラブルを解決《かいけつ》する組織《そしき》、

Y&P Corp.《ワイアンドピー コーポレーション》ことワイピーの、リサーチャーになったんだ。

どうして、リサーチャーになったのかは、くわしいことは長《なが》くなるからはぶくけど、そのきっかけになったのは、**わたしの体質《たいしつ》**だ。

わたしは、5歳《さい》のころに**神隠《かみかく》し**にあったことがある。

姿《すがた》を消《け》して3日後《かご》に見《み》つかったんだけど、その間《あいだ》の記憶《きおく》はわたしにもない。

そして、それからのわたしはオカルトを感《かん》じると、体《からだ》が拒否《きょひ》するオカルトアレルギーになっちゃったんだ。

わたしはその体質《たいしつ》になった理由《りゆう》を、神隠《かみかく》しにあるとにらんで、ずっと独学《どくがく》で勉強《べんきょう》してた。

おかげでオカルトにはくわしくなったけど、オカルトアレルギーについての手《て》がかりはなにもつかめなかった。

そんなときに出会《であ》ったのが、本物《ほんもの》の怪異《かいい》を知《し》る妖狐《ようこ》と人間《にんげん》のダブルの**夜見坂君《よみさかくん》**だったんだ。

「ちょっとしたウワサになっているから、夏音《かのん》の耳《みみ》にもいずれ入《はい》ったとは思《おも》うけどね。とはいえ、そんなウワサより、わたしはくわしい情報《じょうほう》を持《も》ってるんだよ」

「学校《がっこう》の怪談《かいだん》なんて、定番《ていばん》のものばかりでしょ」

だいたい、学校《がっこう》での怪談《かいだん》は内容《ないよう》が決《き》まってる。

トイレの花子《はなこ》さんとか、夜中《よなか》に人体模型《じんたいもけい》が動《うご》き出《だ》すとか。

「そのとおり！　今《いま》ウワサされているのは、**下校時刻《げこうじこく》や夜《よる》の時間《じかん》に、音楽室《おんがくしつ》からピアノの音《おと》が聞《き》こえてくる**、というものなの。ピアノの音《おと》を聞《き》いた児童《じどう》や先生《せんせい》が、音楽室《おんがくしつ》を見《み》に行《い》ったけど、音楽室《おんがくしつ》は真《ま》っ暗《くら》でだれの姿《すがた》もなかった。そういうことが、何度《なんど》も起《お》きているらしいの」

「本当《ほんとう》に定番《ていばん》だね。音楽室《おんがくしつ》でピアノの音《おと》だと、肖像画《しょうぞうが》のベートーヴェンの絵《え》が動《うご》くとかあるけど、そういうの？」

「そうそう！　音楽室《おんがくしつ》でピアノを弾《ひ》く幽霊《ゆうれい》みたいな話《はなし》は、学校《がっこう》の怪談《かいだん》に多《おお》いんだよね！　さすが夏音《かのん》わかってる！」

「わかりたくはないんだけどね。怪談《かいだん》の本《ほん》で、読《よ》んだことがあるっていうだけで」

「まあ、ベートーヴェンの肖像画《しょうぞうが》なのかどうかまでは、まだ話《はなし》には出《で》てきてないけどね。あくまでピアノの音《おと》が聞《き》こえる、ってだけで」

それはそうだよね。

肖像画《しょうぞうが》が動《うご》いているところを見《み》た、となったら、もっと大騒《おおさわ》ぎになっているはずだ。

ピアノの音《おと》だけだから、かんちがいかもしれないと思《おも》えているんじゃないかな。

「そういうわけで、今度《こんど》、音楽室《おんがくしつ》にきもだめしに……」

「**行《い》かないから！**」

「えぇーっ！」

杏《あんず》が、残念《ざんねん》そうに声《こえ》をあげる。

前《まえ》なら、オカルトが苦手《にがて》な特異体質《とくいたいしつ》の克服《こくふく》のために、行《い》こうと思《おも》ったかもしれない。

でも、今《いま》はそういうわけにはいかないんだよね。

だって、本当《ほんとう》に怪異《かいい》のしわざかもしれないことを知《し》っているから。

「そういう話《はなし》って、ウワサだけが流《なが》れていて、じつはだれも体験《たいけん》していなかった、とかいうことはないの？」

怪談話《かいだんばなし》では、よくあることなんだよね。

最初《さいしょ》にだれかが作《つく》った話《はなし》が、広《ひろ》がっていくことで、まるで本当《ほんとう》にあった怪談話《かいだんばなし》になってしまう。

「それがちゃんといるんだよ。となりのクラスの沙織《さおり》ちゃんが、体験《たいけん》したらしいんだよね」

「沙織《さおり》ちゃん？」

聞《き》いたことがない。

杏《あんず》とちがって、わたしはとなりのクラスの子《こ》を知《し》っているほど、顔《かお》が広《ひろ》くないから。

「安住沙織《あずみさおり》ちゃん。本好《ほんず》きな子《こ》で、図書室《としょしつ》で怪談本《かいだんぼん》を読《よ》んでいるときに、仲良《なかよ》くなったんだ。今《いま》の話《はなし》も、沙織《さおり》ちゃんが体験《たいけん》したっていう話《はなし》を直接聞《ちょくせつき》いたから、まちがいないよ」

「なるほど……」

「あ、信《しん》じた？　きもだめし行《い》く？」

杏《あんず》が、ぐいっとわたしに近《ちか》づいてくる。

「行《い》かない。それに言《い》ったでしょ。知《し》っていればさけられるって。放課後《ほうかご》に音楽室《おんがくしつ》行《い》くの、やめとく」

わたしは、近寄《ちかよ》ってきた杏《あんず》を押《お》し返《かえ》す。

「そんなぁ……」

杏《あんず》が、がっくりと肩《かた》を落《お》とす。

「じゃあ、最近《さいきん》のオカルト情報《じょうほう》はそれぐらい？」

わたしの質問《しつもん》に、杏《あんず》が顔《かお》をあげる。

「もう1つあるよ。**夜《よる》おそくに外《そと》に出《で》かけていた人《ひと》が、気《き》を失《うしな》って発見《はっけん》される**っていうことが起《お》きてるんだって」

「それって、だれかに気絶《きぜつ》させられたとか？」

立派《りっぱ》な事件《じけん》じゃないのかな。

「それがよくわからないみたい。あんまり覚《おぼ》えてないみたいでね。倒《たお》れた人《ひと》が複数《ふくすう》なのかも、わからないし。貧血《ひんけつ》で倒《たお》れた話《はなし》が、大《おお》げさにウワサになってるだけかも。インターネットのオカルト掲示板《けいじばん》でも、あんまり話題《わだい》に上《あ》がらないし」

杏《あんず》も、首《くび》をかしげてる。

「なるほどね」

オカルト話《ばなし》のウワサの始《はじ》まりは、小《ちい》さなできごとを大《おお》げさに伝《つた》えることで、始《はじ》まったりするものだしね。

杏《あんず》の教《おし》えてくれた話《はなし》も、そうなのかも。

そんなことを話《はな》していると、

「なんで、理科室《りかしつ》にこの気味悪《きみわる》い人形《にんぎょう》がおいてあるんだ？　前《まえ》はなかっただろ」

同《おな》じ班《はん》の男子《だんし》が、理科室《りかしつ》の一角《いっかく》でさわいでいる。

そこには、ガラスケースに入《はい》った、**古《ふる》そうな青《あお》い目《め》の女《おんな》の子《こ》の人形《にんぎょう》**が飾《かざ》られている。

たしかに、理科室《りかしつ》とは関係《かんけい》なさそうなものだ。

あんなのあったっけ？

この間《あいだ》の理科《りか》の授業《じゅぎょう》のときは、なかったはずだ。

「その人形《にんぎょう》、前《まえ》は校長室《こうちょうしつ》にあったんだって。でも、それだとみんなが見《み》られないから、今《いま》置《お》き場所《ばしょ》を探《さが》しているって、先生《せんせい》が言《い》ってたよ」

杏《あんず》が、人形《にんぎょう》のほうに歩《ある》いて行《い》きながら、教《おし》えてくれる。

杏《あんず》はオカルト話《ばなし》を校内《こうない》できいてまわるせいか、オカルト以外《いがい》の情報《じょうほう》にもけっこうくわしい。

「ふ〜ん」

男子《だんし》たちは、それで人形《にんぎょう》に興味《きょうみ》を失《うしな》ったのか、人形《にんぎょう》の入《はい》ったケースの前《まえ》からはなれていく。

「理科室《りかしつ》に、一時的《いちじてき》においてるって感《かん》じなのかな」

わたしもガラスケースの前《まえ》まで行《い》って、青《あお》い目《め》の人形《にんぎょう》を見《み》てみる。

年月《ねんげつ》は感《かん》じるけれど、よく手入《てい》れされているのか、とてもきれいだ。

とくに青《あお》い目《め》が、宝石《ほうせき》みたいにキラキラしている。

「たぶんね。でも、この人形《にんぎょう》はだいぶ古《ふる》そうだし、雰囲気《ふんいき》あるよね。動《うご》き出《だ》したりしないかな？」

杏《あんず》がワクワクした様子《ようす》で、わたしを見《み》てくる。

「あのね。古《ふる》いものがみんな動《うご》き出《だ》してたら、世《よ》の中大変《なかたいへん》なことになるよ」

少《すく》なくとも、わたしは外《そと》を出歩《である》けなくなりそう。

それにしても。

わたしは、青《あお》い目《め》の人形《にんぎょう》に視線《しせん》をもどす。

杏《あんず》の話《はなし》はべつにしても、なにか気《き》にかかる人形《にんぎょう》なんだよね。

でも、怪異《かいい》に関係《かんけい》するなら、体《からだ》が反応《はんのう》するはずだし。

今《いま》のところ、鳥肌《とりはだ》がたつ様子《ようす》はない。

やっぱり、気《き》のせいなのかな。

人形《にんぎょう》のことが、妙《みょう》に気《き》にかかったものの、掃除《そうじ》が終《お》わるころにはそのことも忘《わす》れていた。

理科室《りかしつ》を出《で》ると、わたしは次《つぎ》にすることを考《かんが》える。

杏《あんず》に聞《き》いた、音楽室《おんがくしつ》のピアノの話《はなし》。

本物《ほんもの》の怪異《かいい》の可能性《かのうせい》もあるよね。

夜見坂君《よみさかくん》と話《はな》さなくちゃ。

2 夜見坂《よみさか》くんに相談《そうだん》だ

夜見坂君《よみさかくん》とは、教室《きょうしつ》ではあんまり話《はなし》をしない。

なにせ、夜見坂君《よみさかくん》は見《み》た目《め》がいい。

それはもう、雑誌《ざっし》モデルか芸能人《げいのうじん》みたいな、かっこよさだ。

そんな転校生《てんこうせい》の男子《だんし》に、わたしが親《した》しげに話《はな》しかけていたら、どうなるか。

クラス中《じゅう》の女子《じょし》を、敵《てき》に回《まわ》すことになる。

一度《いちど》、そうなりかけたから、わたしは夜見坂君《よみさかくん》と教室《きょうしつ》では、必要《ひつよう》なことしか話《はな》さないようにしていた。

そのかわりに、スマホのトークアプリで連絡《れんらく》をとりあっていた。

「おまたせ、一ノ瀬《いちのせ》さん」

放課後《ほうかご》の空《あ》き教室《きょうしつ》。

わたしは、夜見坂君《よみさかくん》にピアノのことを説明《せつめい》して、放課後《ほうかご》に確認《かくにん》に行《い》くことにした。

さすがに教室《きょうしつ》で待《ま》ち合《あ》わせると、放課後《ほうかご》とはいえだれに見《み》られるかわからないから、こうやって人《ひと》のいない空《あ》き教室《きょうしつ》で、落《お》ち合《あ》うことにしたんだ。

「待《ま》ってないよ。じゃあ行《い》こう」

わたしと夜見坂君《よみさかくん》は、ろう下《か》に出《で》る。

放課後《ほうかご》になって少《すこ》し時間《じかん》がたっていることもあって、児童《じどう》の数《かず》もだいぶ少《すく》ない。

2階《かい》の空《あ》き教室《きょうしつ》を選《えら》んだから、ろう下《か》にいるのも低学年《ていがくねん》の児童《じどう》がほとんどだ。

これなら、クラスメイトに見《み》られる心配《しんぱい》は少《すく》ないし、見《み》られたとしても先生《せんせい》から頼《たの》みごとをされて、手伝《てつだ》ってもらっているというウソで、ごまかせると思《おも》う。

「学校《がっこう》の怪談《かいだん》について、あまりくわしくないんだけど、ピアノの音《おと》がするのはそんなに有名《ゆうめい》なの？」

夜見坂君《よみさかくん》が、ピンとこない顔《かお》をしてる。

そんな夜見坂君《よみさかくん》を、窓《まど》から差《さ》しこむ光《ひかり》が、まるでライトアップしているみたいだ。

その夜見坂君《よみさかくん》の姿《すがた》に、思《おも》わず足《あし》を止《と》めている児童《じどう》もいる。

どこにいても、目立《めだ》ってしまうらしい。

「学校《がっこう》の怪談《かいだん》としては、定番《ていばん》だよ。だいたいは、音楽室《おんがくしつ》に飾《かざ》ってある作曲家《さっきょくか》の肖像画《しょうぞうが》の顔《かお》が動《うご》いて、ピアノを弾《ひ》いていたみたいな話《はなし》になるんだけど」

わたしは、夜見坂君《よみさかくん》に集《あつ》まる視線《しせん》は気《き》にしないことにして、質問《しつもん》に答《こた》える。

「肖像画《しょうぞうが》がね」

夜見坂君《よみさかくん》は、首《くび》をひねっている。

怪異《かいい》は夜見坂君《よみさかくん》にとって、自分《じぶん》のことも指《さ》している。それが動《うご》き出《だ》す肖像画《しょうぞうが》と一緒《いっしょ》にされても、しっくりこないのかもしれない。

「怪異《かいい》として、そういうのを夜見坂君《よみさかくん》は聞《き》いたことないの？」

実物《じつぶつ》の怪異《かいい》については、夜見坂君《よみさかくん》のほうが知《し》っている。

とはいえ、夜見坂君《よみさかくん》の妖狐《ようこ》の一族《いちぞく》のように、動《うご》き出《だ》す肖像画《しょうぞうが》の一族《いちぞく》があるとも思《おも》えないけど。

「ないかなぁ。そもそも肖像画《しょうぞうが》が動《うご》くって、それは亡《な》くなった肖像画《しょうぞうが》の人《ひと》の幽霊《ゆうれい》なの？　それとも肖像画《しょうぞうが》になにかが乗《の》り移《うつ》っているっていうことなの？」

「そう言《い》われると、どっちなんだろう？　でも、全国的《ぜんこくてき》な話《はなし》だから、ベートーヴェン本人《ほんにん》ってことはないと思《おも》うよ。そもそも日本に出《で》てくるのもおかしいし」

ベートーヴェンはドイツの人《ひと》だし、活躍《かつやく》したのは音楽《おんがく》の都《みやこ》と言《い》われるオーストリアのウィーンだ。

縁《えん》がある、それらの国《くに》でオカルトの話《はなし》を聞《き》くならわかるけど。

「だとすると、**肖像画《しょうぞうが》を動《うご》かす怪異《かいい》**がいる可能性《かのうせい》のほうが、高《たか》そうだけどね」

「なるほどね。なんとなく学校《がっこう》の怪談《かいだん》として、そういうものだと思《おも》ってた。だけど、実際《じっさい》に怪異《かいい》がいてどういう存在《そんざい》なのかって考《かんが》えたら、たしかに肖像画《しょうぞうが》そのものが怪異《かいい》とは考《かんが》えにくいよね」

「まれなケースをのぞいては、物《もの》が動《うご》くのはだれかが動《うご》かしてるからだよ。それが人《ひと》の力《ちから》か、怪異《かいい》の力《ちから》かのちがいっていうだけでさ」

だれかが動《うご》かしている。シンプルに考《かんが》えればそうだけど、そこにオカルトが加《くわ》わると、ありえないことが起《お》きても当然《とうぜん》と思《おも》えてしまう。

夜見坂君《よみさかくん》の言葉《ことば》は、そんなわたしの思《おも》いこみに気《き》づかせてくれた。

「ただ今回《こんかい》は、肖像《しょうぞう》画《が》が動《うご》いているっていう話《はなし》は出《で》てなくて、ピアノの音《おと》だけみたい」

「だれかが、**ピアノの練習《れんしゅう》**をしにきているだけとかは？」

「放課後《ほうかご》だけならともかく、夜《よる》の学校《がっこう》では無理《むり》があるよ。下校時刻《げこうじこく》をすぎたあとに、先生《せんせい》がピアノの音《おと》を聞《き》いているらしいし」

「今《いま》は、なんともなさそうだね」

夜見坂君《よみさかくん》が、音楽室《おんがくしつ》の近《ちか》くまできたところで耳《みみ》をすます。

音楽室《おんがくしつ》のピアノが、鳴《な》りだす様子《ようす》はない。

「そういえば、杏《あんず》が言《い》っていたんだけど、となりの1組《くみ》の安住沙織《あずみさおり》ちゃんっていう子《こ》が、そのピアノを聞《き》いているんだって。ウワサ話《ばなし》をたどるよりは、経験《けいけん》した人《ひと》に話《はなし》を聞《き》いてみてもいいかもって思《おも》うんだけど」

わたしは、杏《あんず》が言《い》っていたことを思《おも》い出《だ》す。

「それはいいね。話《はなし》って、今《いま》から聞《き》けそうかな」

夜見坂君《よみさかくん》が、なぜか目《め》を輝《かがや》かせている。

調査《ちょうさ》を、たのしんでない？

たしかに物語《ものがたり》の探偵《たんてい》とか刑事《けいじ》の、聞《き》きこみっぽいけどさ。

「どうかな、もう放課後《ほうかご》だし。あ、でも杏《あんず》から聞《き》いた話通《はなしどお》りなら、もしかしたら、図書室《としょしつ》にいるかも」

「なら、図書室《としょしつ》に行《い》ってみよう。いなかったら、明日聞《あしたき》けばいいよ」

「それはいいんだけど、**夜見坂君《よみさかくん》もくるの？**」

だとすると、ちょっとした不安《ふあん》がある。

「もちろん。ぼくがいると邪魔《じゃま》？」

「そんなことはないんだけど……」

少《すこ》し落《お》ちついたとはいえ、夜見坂君《よみさかくん》は女子《じょし》に大注目《だいちゅうもく》のイケメン転校生《てんこうせい》だ。

大丈夫《だいじょうぶ》かなぁ。ちょっと不安《ふあん》になる。

「なら、さっそく行《い》こう」

夜見坂君《よみさかくん》は、わたしとは対照的《たいしょうてき》にのんきに歩《ある》き出《だ》そうとしてる。

考《かんが》えてもしかたがないので、わたしも夜見坂君《よみさかくん》と一緒《いっしょ》に図書室《としょしつ》に向《む》かうことにした。

3 知《し》らぬがホトケ

図書室《としょしつ》は、しんと静《しず》まり返《かえ》っていた。

放課後《ほうかご》になって、だいぶ時間《じかん》がたっているからか、人気《ひとけ》がない。

カウンターには司書《ししょ》の先生《せんせい》がいたけれど、テーブルのほうには女《おんな》の子《こ》が1人《ひとり》いるだけだった。

女《おんな》の子《こ》は席《せき》にすわって、本《ほん》を熱心《ねっしん》に読《よ》んでいて、わたしたちには気《き》づいていないみたい。

「彼女《かのじょ》かな？」

夜見坂君《よみさかくん》が、小声《こごえ》で言《い》ってくる。

小声《こごえ》で伝《つた》えようとするためか、こっちに顔《かお》をよせてきたので、心臓《しんぞう》が一瞬高鳴《いっしゅんたかな》って腕《うで》に軽《かる》く鳥肌《とりはだ》がたつ。

でも、それを顔《かお》に出《だ》さないようにする。

夜見坂君《よみさかくん》も気《き》づいているとは思《おも》うけど、それでも鳥肌《とりはだ》がたっていることがはっきりわかったら、傷《きず》つきそうだから。

「それっぽくはあるけど。わたしも、顔《かお》は知《し》らないからなぁ」

今日《きょう》、会《あ》いに行《い》くことになるとは思《おも》わなかったから、事前《じぜん》に教室《きょうしつ》に顔《かお》を確認《かくにん》しに行《い》ったりもできなかった。

「とりあえず、行《い》ってみよう」

「え？」

夜見坂君《よみさかくん》は、女《おんな》の子《こ》のほうへスタスタと歩《ある》いて行《い》ってしまう。

「ちょ、夜見坂君《よみさかくん》」

思《おも》わず声《こえ》が大《おお》きくなってしまい、カウンターにいる先生《せんせい》にじろりとにらまれる。

わたしは頭《あたま》を下《さ》げて、あわてて夜見坂君《よみさかくん》のあとを追《お》った。

「あの……ちょっといいかな」

夜見坂君《よみさかくん》が声《こえ》をかけると、女《おんな》の子《こ》はおどろいたように顔《かお》をあげる。

それから、夜見坂君《よみさかくん》の顔《かお》を見《み》て、ぽかーんという顔《かお》をした。

それはそうだ。

見知《みし》らぬイケメンから急《きゅう》に声《こえ》をかけられたら、びっくりする。

「な、なんでしょうか」

女《おんな》の子《こ》は、目《め》が泳《およ》いでいる。

「君《きみ》は安住沙織《あずみさおり》さん？」

「……はい」

消《き》え入《い》りそうな声《こえ》で、沙織《さおり》ちゃんが答《こた》える。

「よかった。ちょっと、ききたいことがあるんだ」

夜見坂君《よみさかくん》は、キラキラとした笑顔《えがお》を沙織《さおり》ちゃんに向《む》ける。

沙織《さおり》ちゃんは、ぽけっとした表情《ひょうじょう》で、夜見坂君《よみさかくん》の笑顔《えがお》にみとれている。

なんだろう。胸《むね》のあたりが、**ムカッとする。**

「そこまでね、夜見坂君《よみさかくん》」

わたしはそこまで見《み》て、間《あいだ》に割《わ》って入《はい》る。

夜見坂君《よみさかくん》と沙織《さおり》ちゃんとの間《あいだ》に手《て》を入《い》れて、物理的《ぶつりてき》に距離《きょり》をはなす。

「え、ええっ。だれ？　……っていうか、よ、夜見坂君《よみさかくん》って、あの⁉」

沙織《さおり》ちゃんが、わたしにようやく気《き》づいたらしく目《め》を丸《まる》くして、次《つぎ》に夜見坂君《よみさかくん》という名《な》前《まえ》におどろいている。

「あの、ってどういうことだろう？」

夜見坂君《よみさかくん》が、わたしのほうを見《み》てきいてくる。

「知《し》らないほうが、いいんじゃない」

そっけなく返《かえ》す。

こういう場合《ばあい》、聞《き》いてうれしい話《はなし》とも思《おも》えない。

「安住沙織《あずみさおり》ちゃん、ちょっとききたいことがあるの」

わたしは、沙織《さおり》ちゃんのほうを見《み》る。

「えと、わたし夜見坂君《よみさかくん》だなんて知《し》らなくて、べつに話《はなし》もしてないです！」

沙織《さおり》ちゃんが、あわてたように説明《せつめい》する。

「いや……今《いま》のことじゃないし、べつに夜見《よみ》坂君《さかくん》と話《はな》してもいいんだよ」

いったい、夜見坂君《よみさかくん》のことは、どういうふ

うに伝《つた》わっているのだろう。

となりのクラスだから、少《すこ》し前《まえ》の情報《じょうほう》なのかな。

だとしたら、いまだに**女子《じょし》は勝手《かって》に夜見坂君《よみさかくん》に声《こえ》をかけちゃいけない**、という謎《なぞ》の約束《やくそく》が残《のこ》ったままなんだろうか。

うちのクラスの女子《じょし》の間《あいだ》で、いつのまにか取《と》り決《き》められていたんだけど、夜見坂君《よみさかくん》が自《じ》分《ぶん》からクラスの女子《じょし》に話《はな》しかけるようになって、すぐになくなった約束事《やくそくごと》だ。

いまだにその話《はなし》が、となりのクラスでは残《のこ》っているのかもしれない。

それなら、今《いま》はわたしが話《はなし》をしたほうがよさそうだ。

「杏《あんず》から聞《き》いたんだけど、放課後《ほうかご》にピアノの音《おと》を聞《き》いたって」

「星川《ほしかわ》さんの知《し》り合《あ》いなんだ。うん、そうだよ」

杏《あんず》の名前《なまえ》を出《だ》したら、ほっとした表情《ひょうじょう》になった。

さすが顔《かお》が広《ひろ》い。ナイスだよ、杏《あんず》。

「どういう状況《じょうきょう》だったのか、教《おし》えてもらってもいい？」

「いいけど、ろう下《か》に行《い》こう。図書室《としょしつ》で話《はなし》をするのはよくないから」

そういえば、さっきから視線《しせん》を感《かん》じると思《おも》ったら、カウンターにいる先生《せんせい》ににらまれていた。

わたしたちは、先生《せんせい》に頭《あたま》を下《さ》げつつ、ろう下《か》に出《で》る。

下校時刻《げこうじこく》も近《ちか》づいていて、ろう下《か》には児童《じどう》の姿《すがた》も見当《みあ》たらない。

「放課後《ほうかご》に、ピアノの音《おと》を聞《き》いたっていう話《はなし》だけど」

「うん。あの日《ひ》も、今日《きょう》みたいに図書室《としょしつ》で本《ほん》を読《よ》んでいてね。熱中《ねっちゅう》して、下校時刻《げこうじこく》ギリギリになっちゃったの。それで、あわてて帰《かえ》ろうとしたら、ピアノの音《おと》が聞《き》こえてきて。もしかして、わたしみたいに、熱中《ねっちゅう》して時間《じかん》に気《き》づいてない人《ひと》がいるのかもって思《おも》って、見《み》に行《い》くことにしたの」

「安住《あずみ》さんは、優《やさ》しいんだね」

夜見坂君《よみさかくん》が、にっこりとほほ笑《え》む。

「そ、そうかな」

沙織《さおり》ちゃんは、照《て》れている。

その様子《ようす》に、なぜかまた、モヤッとしたものを胸《むね》に感《かん》じたものの、なんだかよくわからない。

「音楽室《おんがくしつ》に行《い》ったんだよね。それでどうだったの？」

わたしは、沙織《さおり》ちゃんに話《はなし》の先《さき》をうながす。

「音楽室《おんがくしつ》は真《ま》っ暗《くら》でだれもいなかったの。ピアノの音《おと》も聞《き》こえなくて。だから、ピアノの音《おと》が聞《き》こえたのは、ここじゃなかったんだ、って思《おも》ってさ。準備室《じゅんびしつ》かと思《おも》って、ドアからはなれようとしたら、音楽室《おんがくしつ》の中《なか》からピアノの音《おと》が聞《き》こえだしたの」

「真《ま》っ暗《くら》なんだよね？」

「少《すこ》しは窓《まど》から明《あ》かりが入《はい》ってきてたから、ピアノの前《まえ》に人《ひと》がいないことはわかったの。でも、ピアノの音《おと》は聞《き》こえてきたの」

わたしは、夜見坂君《よみさかくん》と顔《かお》を見合《みあ》わせる。

「信《しん》じられないと思《おも》うけど、本当《ほんとう》だからね」

わたしと夜見坂君《よみさかくん》が、信《しん》じていないように見《み》えたからなのか、沙織《さおり》ちゃんが念《ねん》を押《お》す。

「うん、信《しん》じる。そのあと、どうなったの？」

「急《きゅう》にピアノが大《おお》きな音《おと》を立《た》てて、それから影《かげ》がこっちにせまってきたんだ。そのとき、『ママー』っていう、小《ちい》さな女《おんな》の子《こ》の声《こえ》も聞《き》こえたような気《き》がする」

「女《おんな》の子《こ》の声《こえ》……」

わたしは引《ひ》っかかるが、沙織《さおり》ちゃんの話《はなし》の続《つづ》きを聞《き》く。

「それでわたしは怖《こわ》くなって、走《はし》って逃《に》げたの。校舎《こうしゃ》を出《で》て家《いえ》までふり返《かえ》らなかった。次《つぎ》の日《ひ》に先生《せんせい》に言《い》ったけど、音楽室《おんがくしつ》はとくに変《か》わったところはないって。夢《ゆめ》でも見《み》たんじゃないかって、言《い》われて……」

沙織《さおり》ちゃんの話《はなし》を信《しん》じれば、それは怪異《かいい》のしわざでまちがいなさそう。

ただ、沙織《さおり》ちゃんの話《はなし》が本当《ほんとう》だと、言《い》い切《き》れるわけじゃない。なにか証拠《しょうこ》があるわけでもないし。

それでも、信《しん》じたいと思《おも》った。

わたし自身《じしん》も、ずっとオカルトアレルギーのことを、トラウマが原因《げんいん》だって信《しん》じてもらえなかったから。

信《しん》じにくいことだからこそ、信《しん》じたい。

「ありがとう、話《はな》してくれて」

「信《しん》じてくれるの？」

沙織《さおり》ちゃんは、びっくりした顔《かお》をしてる。

「もちろん。ぼくたちは、安住《あずみ》さんの話《はなし》を信《しん》じてるよ。聞《き》かせてくれてありがとう」

夜見坂君《よみさかくん》も、笑顔《えがお》でうなずく。

「よかった。夜見坂君《よみさかくん》って、もっと**怖《こわ》い人《ひと》**なのかと思《おも》ってたから、優《やさ》しくてびっくりしたよ」

「こ、怖《こわ》い？」

夜見坂君《よみさかくん》が、引《ひ》きつった笑顔《えがお》で固《かた》まっている。

「それじゃあ、わたしは本《ほん》をもうちょっと読《よ》みたいから」

沙織《さおり》ちゃんは、図書室《としょしつ》にもどっていく。

「一ノ瀬《いちのせ》さん。ぼくは、一度《いちど》**自分《じぶん》のウワサについて、調《しら》べてみる**必要《ひつよう》があるんじゃないかな」

沙織《さおり》ちゃんの背中《せなか》を見送《みおく》って、夜見坂君《よみさかくん》がきいてくる。

「世《よ》の中《なか》には、知《し》らないほうがいいこともあると思《おも》うよ。それにたぶん、夜見坂君《よみさかくん》が今《いま》みたいにふるまっていれば、自然《しぜん》となくなる話《はなし》だろうから」

「一ノ瀬《いちのせ》さんがそう言《い》うなら」

その言葉《ことば》に、ちょっとうれしくなる。

信《しん》じてもらえてると感《かん》じるから。

「それで、このあとどうしよう？　沙織《さおり》ちゃんの話《はなし》からすると、音楽室《おんがくしつ》があやしいわけだけど」

怪異《かいい》だとしても、その正体《しょうたい》の手《て》がかりはない。

ピアノを弾《ひ》くってことぐらい？

あと、女《おんな》の子《こ》の声《こえ》で「ママ」と言《い》っていたことかな。

ベートーヴェンの肖像画《しょうぞうが》の怪談《かいだん》なら、女《おんな》の子《こ》っていうのは話《はなし》が合《あ》わないんだけど。

沙織《さおり》ちゃんの聞《き》きまちがい？

それとも、ベートーヴェンの肖像画《しょうぞうが》という予想《よそう》が、まちがっているんだろうか。

学校《がっこう》の怪談《かいだん》として読《よ》んだりしたときは、ベートーヴェンの肖像画《しょうぞうが》がピアノを弾《ひ》いていることに、疑問《ぎもん》を感《かん》じなかった。

だけど、実際《じっさい》に怪異《かいい》がいてピアノを弾《ひ》いているのだとしたら、なんらかの方法《ほうほう》で肖像画《しょうぞうが》が、ピアノを弾《ひ》いていることになるんだよね。

「あと、とれる方法《ほうほう》となると……」

夜見坂君《よみさかくん》が考《かんが》える顔《かお》になる。

わたしは夜見坂君《よみさかくん》の表情《ひょうじょう》に、嫌《いや》な予感《よかん》を覚《おぼ》える。

「夜《よる》の学校《がっこう》に、しのびこんでみるしかないね」

夜見坂君《よみさかくん》は、キラキラとした笑顔《えがお》を向《む》けてくる。

わたしは、大《おお》きくため息《いき》をついた。

「言《い》うと思《おも》ったよ。そうするのが、一番早《いちばんはや》いんだけどさ」

「一ノ瀬《いちのせ》さんは、無理《むり》に付《つ》き合《あ》わなくてもいいよ。ぼくだけでも……」

「一緒《いっしょ》に行《い》くよ。**わたしだって、リサーチャーなんだから**」

「わかった。じゃあ、夜《よる》になったらむかえに行《い》くね」

さわやかな表情《ひょうじょう》の夜見坂君《よみさかくん》に、わたしは苦笑《にがわら》いした。

4 夜《よる》の学校《がっこう》に潜入《せんにゅう》!!

夜《よる》の10時過《じす》ぎ。

職員室《しょくいんしつ》の明《あ》かりは消《き》えて、児童《じどう》の姿《すがた》はもちろんない。

わたしは、家《いえ》の2階《かい》の自分《じぶん》の部屋《へや》の窓《まど》から夜見坂君《よみさかくん》にお姫様抱《ひめさまだ》っこをされて、学校前《がっこうまえ》までやってきた。

そのせいで、鳥肌《とりはだ》がたっていて、まだちょっと足元《あしもと》がふらふらする。

「はあぁ……もう帰《かえ》りたい」

わたしは、目《め》の前《まえ》の真《ま》っ暗《くら》な学校《がっこう》を見《み》てため息《いき》をつく。

リサーチャーとしてがんばらなくてはと思《おも》う反面《はんめん》、夜《よる》の学校《がっこう》という定番《ていばん》すぎる怪談《かいだん》スポットのせいか、さっきから背筋《せすじ》の寒気《さむけ》が止《と》まらない。

「だから、無理《むり》しなくていいって言《い》っただろ」

妖狐姿《ようこすがた》の夜見坂君《よみさかくん》はそう言《い》って、人間《にんげん》の姿《すがた》にもどる。

夜見坂君《よみさかくん》は**妖狐《ようこ》と人間《にんげん》の半妖《はんよう》**で、女《おんな》の人《ひと》にふれると妖狐《ようこ》の姿《すがた》になれるという特殊《とくしゅ》な能力《のうりょく》があった。

妖狐姿《ようこすがた》の夜見坂君《よみさかくん》は、怪異《かいい》としての力《ちから》を発揮《はっき》する。

そのとんでもない身体能力《しんたいのうりょく》で、わたしを抱《かか》えて、屋根《やね》から屋根《やね》に飛《と》び移《うつ》って移動《いどう》することなんて、簡単《かんたん》だ。

「そういうわけにはいかないよ。意外《いがい》と夜見坂君《よみさかくん》って**脳筋《のうきん》**だから、話《はな》し合《あ》いで解決《かいけつ》できることもめそうだし」

「脳筋《のうきん》って……」

夜見坂君《よみさかくん》は、ショックを受《う》けた顔《かお》をしてる。

自覚《じかく》がなかったみたい。

妖狐《ようこ》のときの夜見坂君《よみさかくん》は、性格《せいかく》や口調《くちょう》が荒々《あらあら》しくなるからね。

好戦的《こうせんてき》な解決方法《かいけつほうほう》に、なりやすい。

「それに**協力者《きょうりょくしゃ》だからね**」

決《き》めたことは可能《かのう》な限《かぎ》りやり通《とお》すのが、わたしのモットーだ。

当然《とうぜん》だけど、この時間《じかん》の学校《がっこう》の正面玄関《しょうめんげんかん》は、カギがしまっている。

そこで帰《かえ》る前《まえ》にカギを開《あ》けておいた、2階《かい》の空《あ》き教室《きょうしつ》の窓《まど》から、夜見坂君《よみさかくん》がこっそりと中《なか》に入《はい》る。

1階《かい》には空《あ》き教室《きょうしつ》がなくて、戸締《とじ》まりもきびしいだろうからと、2階《かい》の窓《まど》にした。

夜見坂君《よみさかくん》が妖狐《ようこ》に変《か》わって、2階《かい》に飛《と》び上《あ》がる。

中《なか》に入《はい》れたら、昇降口《しょうこうぐち》のドアを内側《うちがわ》から開《あ》けてもらうことになってる。

その間《あいだ》は、当然《とうぜん》わたしは暗《くら》い中《なか》、校舎《こうしゃ》の外《そと》で1人《ひとり》で待《ま》つことになる。

「ぶ、不気味《ぶきみ》だなぁ……」

わたしは、両手《りょうて》で自分《じぶん》を抱《だ》くようにして、身《み》ぶるいする。

早《はや》く夜見坂君《よみさかくん》が、きてくれないかな。

じりじりとしながら待《ま》っていると、

「おまたせ」

夜見坂君《よみさかくん》が、昇降口《しょうこうぐち》のドアを内側《うちがわ》から開《あ》けて、人《ひと》の姿《すがた》の顔《かお》を見《み》せる。

その顔《かお》を見《み》て、わたしはほっと息《いき》をついた。

ずいぶん時間《じかん》がかかった気《き》がするけど、たぶん2、3分《ぷん》の話《はなし》なんだと思《おも》う。

わたしと夜見坂君《よみさかくん》は、校舎《こうしゃ》の中《なか》をならんで歩《ある》く。

静《しず》まり返《かえ》った月明《つきあ》かりしかない学校《がっこう》は、昼間《ひるま》とはまったくちがって不気味《ぶきみ》に見《み》えた。

いつも見慣《みな》れているはずなのに、暗《くら》い教室《きょうしつ》からなにかが飛《と》び出《だ》してくるんじゃないかと、ビクビクする。

「ピアノの音《おと》は聞《き》こえないね」

夜見坂君《よみさかくん》が、耳《みみ》をすましている。

「ここだと、まだ聞《き》こえないと思《おも》うよ。音楽室《おんがくしつ》は防音《ぼうおん》がしっかりしているから、近《ちか》くに行《い》かないと聞《き》こえないはず……あれ？　じゃあ沙織《さおり》ちゃんは、どうしてピアノの音《おと》が聞《き》こえたんだろう」

「窓《まど》を開《あ》けてたり、したんじゃない？」

「そうだとは思《おも》うんだけど、だとするとピアノの音《おと》って……」

人《ひと》を呼《よ》び寄《よ》せるために、演奏《えんそう》している？

怪異《かいい》が人知《ひとし》れず、音楽室《おんがくしつ》でピアノをだれにも聞《き》こえないように演奏《えんそう》しているなら、こんなふうにウワサにはなっていない。

人《ひと》に聞《き》こえるように、しているってことだよね。

なんのために？

怪異《かいい》もなんの理由《りゆう》もなく、行動《こうどう》をするわけじゃない。

それが人《ひと》には、なかなか想像《そうぞう》がつかない理由《りゆう》だったりすることがあるだけで、雪女《ゆきおんな》の雪《ゆき》菜《な》さんのときみたいに、理由《りゆう》があるはずだ。

雪菜《ゆきな》さんは、100年前《ねんまえ》に約束《やくそく》した妹《いもうと》さんとの再会《さいかい》の目印《めじるし》に、街中《まちじゅう》に氷柱《ひょうちゅう》をたてていた。

街《まち》を上《うえ》から見《み》て氷柱《ひょうちゅう》をつなぐと、言葉《ことば》になるように。

そんなこと、人《ひと》からしたら想像《そうぞう》もつかない行動《こうどう》だ。

でも、怪異《かいい》からしたら、それだって立派《りっぱ》な理由《りゆう》なんだよね。

今回《こんかい》の怪異《かいい》だって、なにかあるのかも……。

「音楽室《おんがくしつ》のある2階《かい》だ」

夜見坂君《よみさかくん》の言葉《ことば》に、わたしは考《かんが》えるのをいったんおいておく。

ゴクリと、つばを飲《の》みこむ。

ろう下《か》を歩《ある》いていると、今《いま》まで聞《き》こえなかった音《おと》が、耳《みみ》に入《はい》ってくる。

「ピアノ……」

わたしの腕《うで》に、鳥肌《とりはだ》がたつ。

怪異《かいい》がいるのは、まちがいなさそうだ。

「行《い》こう」

夜見坂君《よみさかくん》が言《い》って、わたしは一緒《いっしょ》に音楽室《おんがくしつ》に向《む》かった。

5 だれもいないはずの音《おん》楽《がく》室《しつ》

音楽室《おんがくしつ》に近《ちか》づくにつれて、ピアノの音《おと》が大《おお》きくなる。

「この曲《きょく》って、たしかベートーヴェンの『月光《げっこう》』だよね」

きれいなメロディだけど、夜《よる》の学校《がっこう》の中《なか》で聞《き》くと、不安《ふあん》な気持《きも》ちが大《おお》きくなる。

「すごく上手《じょうず》だね。本当《ほんとう》にベートーヴェンなのかも」

夜見坂君《よみさかくん》は、冗談《じょうだん》のように言《い》う。

この状況《じょうきょう》に、まったく不気味《ぶきみ》さを感《かん》じていないのは、さすが夜見坂君《よみさかくん》だ。

「ママー」

ピアノの音《おと》にまじって、女《おんな》の子《こ》の声《こえ》が聞《き》こえた。

ゾクリ、と背筋《せすじ》に寒気《さむけ》が走《はし》った。

これが沙織《さおり》ちゃんが言《い》っていた、女《おんな》の子《こ》の声《こえ》？

たしかに、「ママ」をよんでる。

しかも、悲《かな》しそうな声《こえ》で。

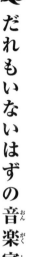

音楽室《おんがくしつ》の前《まえ》につく。

月光《げっこう》のピアノ演奏《えんそう》が、ピタリと止《と》まった。

夜見坂君《よみさかくん》が、音楽室《おんがくしつ》のドアを開《あ》ける。

窓《まど》から差《さ》しこむ月《つき》の光《ひかり》が、ピアノを照《て》らしていた。

「だれもいないね……」

ピアノの前《まえ》のイスには、だれもすわっていない。

それどころか、室内《しつない》には人影《ひとかげ》もなかった。

だけど、わたしの背筋《せすじ》の寒気《さむけ》は強《つよ》くなるし、鳥肌《とりはだ》もおさまらない。

音楽室《おんがくしつ》の様子《ようす》は、沙織《さおり》ちゃんが言《い》っていたのと、よく似《に》てる。

わたしは、注意深《ちゅういぶか》くピアノ以外《いがい》の音楽室内《おんがくしつない》も、見《み》まわしてみる。

「えっ」

青《あお》い光《ひかり》が壁際《かべぎわ》を移動《いどう》しているのが見《み》えたかと思《おも》ったら、**バタンッ**、と音楽室《おんがくしつ》のドアが急《きゅう》に閉《し》まる。

「な、なに!?」

ドアの音《おと》におどろいていると、次《つぎ》の瞬間《しゅんかん》、メトロノームがわたしに向《む》かって、飛《と》んでく

る。

「**危**《あぶ》**ねえ！**」

妖狐化《ようこか》した夜見坂君《よみさかくん》が、ぐいっとわたしの手《て》を引《ひ》いてかばってくれる。

メトロノームが、わたしの横《よこ》をすごい勢《いきお》いで飛《と》んでいって、壁《かべ》に当《あ》たった。

助《たす》けてくれたのはありがたいけど、夜見坂君《よみさかくん》に触《ふ》れられていることで気《き》が遠《とお》くなる。

だけど、それじゃダメだと、くちびるをかんで意識《いしき》をたもった。

「しゃがんでろ！」

わたしがしゃがんでいる間《あいだ》に、夜見坂君《よみさかくん》が飛《と》んできたメトロノームなどをすべてたたき落《お》とす。

その様子《ようす》を、少《すこ》しでも状況《じょうきょう》の理解《りかい》に役立《やくだ》てようと観察《かんさつ》する。

メトロノームは、なにもないところを浮《う》かんで、飛《と》んできていた。

これは……**ポルターガイスト？**

特定《とくてい》の場所《ばしょ》で、物《もの》が飛《と》んだり、なにもないところで発光《はっこう》したり発火《はっか》したりすることを、ポルターガイスト現象《げんしょう》って呼《よ》ぶ。

幽霊《ゆうれい》が起《お》こしたかのような、不可解《ふかかい》な現象《げんしょう》のことなんだけど、まさに目《め》の前《まえ》で起《お》きている状態《じょうたい》のことだよね！

「アハハハハハハッ！」

女《おんな》の子《こ》の笑《わら》い声《ごえ》が室内《しつない》にひびき、今度《こんど》は楽譜《がくふ》の入《はい》ったファイルケースが飛《と》んでくる。

それを、夜見坂君《よみさかくん》がさばいている。

このぐらいの攻撃《こうげき》では、夜見坂君《よみさかくん》にダメージはないはずだけれど、攻撃《こうげき》している相手《あいて》の姿《すがた》が見《み》えないから、反撃《はんげき》もできないみたい。

わたしは頭《あたま》をガードしつつ、室内《しつない》を見《み》まわすけれど、怪異《かいい》らしき姿《すがた》はない。

壁《かべ》にかかったベートーヴェンの肖像画《しょうぞうが》も、動《うご》いている様子《ようす》はなかった。

すると、飛《と》び回《まわ》っていたファイルケースが、突然床《とつぜんゆか》にバサバサと落《お》ちる。

感《かん》じていた寒気《さむけ》も、少《すこ》しうすれる。

「ちっ。逃《に》げやがったな」

夜見坂君《よみさかくん》が、舌打《したう》ちする。

「もういないみたいだね」

わたしは立《た》ち上《あ》がる。

わたしの体《からだ》の感覚《かんかく》も、ここにいた怪異《かいい》はいなくなっている、と告《つ》げていた。

夜見坂君《よみさかくん》が妖狐《ようこ》の姿《すがた》だから、鳥肌《とりはだ》も寒気《さむけ》もおさまっていないけど。

「いったい、なんの怪異《かいい》なんだろう？　いきなりおそってくるって、だいぶ敵意《てきい》があるみたいだけど」

夜見坂君《よみさかくん》が人間《にんげん》の姿《すがた》にもどって、わたしにきいてくる。

寒気《さむけ》と鳥肌《とりはだ》がおさまって、わたしはほっと息《いき》をつく。

「それも気《き》になるところだけどさ。とりあえず……片《かた》づけよっか」

わたしは、音楽室《おんがくしつ》の状態《じょうたい》を見《み》て言《い》う。

ファイルケースがあちこちの床《ゆか》に落《お》ちて、散《ち》らばっている。

このままにしておいたら、明日《あした》の朝《あさ》にはさわぎになる。

壁《かべ》に当《あ》たって、壊《こわ》れてそうなメトロノームは、どうしようもなさそうではあるけど。

そのあたりも、ワイピーに頼《たの》んでおけば、どうにかしてくれるんだろうか。

「ああ……まったく。どこのだれだか知《し》らないけど、手間《てま》をかけさせてくれるね」

夜見坂君《よみさかくん》がため息《いき》をついて、ファイルケースをひろった。

6 怪異《かいい》？ それとも幽霊《ゆうれい》？

散《ち》らかった音楽室《おんがくしつ》を片《かた》づけながら、手《て》がかりを探《さが》す。

「さっきの怪異《かいい》の正体《しょうたい》、一ノ瀬《いちのせ》さんはわかる？」

「考《かんが》えているけど、すぐに思《おも》いうかぶ怪異《かいい》がいないんだよね。ただ、ベートーヴェンの肖《しょう》像画《ぞうが》でないことは、わかったかな。肖像画《しょうぞうが》は、まったく動《うご》いていなかったし」

学校《がっこう》の怪談《かいだん》によくある、ベートーヴェンの肖像画《しょうぞうが》は、肖像画《しょうぞうが》が動《うご》き出《だ》すところに怖《こわ》さがある。

ところが、さっきはまったく肖像画《しょうぞうが》が動《うご》いていなかった。

「ピアノが弾《ひ》ける怪異《かいい》は、手《て》がかりになるかな？」

「あんまり。ピアノにまつわる怪異《かいい》っていうと、やっぱり学校《がっこう》の怪談《かいだん》なんだよね。ベートーヴェンの肖像画《しょうぞうが》じゃなくても、ピアノが夜《よ》な夜《よ》な聞《き》こえてくるみたいな怪談《かいだん》は、学校《がっこう》にはいろいろ種類《しゅるい》があるから。たとえば、ピアノの音《おと》が夜中《よなか》に聞《き》こえてきて、先生《せんせい》が見回《みまわ》りに行《い》ったら鍵盤《けんばん》に**べっとり血《ち》がついていた**、とかね」

「血《ち》は……ないね」

夜見坂君《よみさかくん》が、鍵盤《けんばん》を確認《かくにん》して首《くび》を横《よこ》にふる。

「学校《がっこう》の怪談《かいだん》って、怪異《かいい》の正体《しょうたい》というより、怪奇現象《かいきげんしょう》っていう形《かたち》なんだよ。理由《りゆう》がはっきりしてないの。だから、なんの怪異《かいい》とは特定《とくてい》できないんだよね」

トイレの花子《はなこ》さん、みたいに存在《そんざい》がはっきりしている学校《がっこう》の怪談《かいだん》は限《かぎ》られてる。

だから、学校《がっこう》の怪談《かいだん》から正体《しょうたい》を探《さぐ》ろうとするのは、むずかしいのかも。

「物《もの》を飛《と》ばしてくることのほうは?」

「そっちは、手《て》がかりになるかな。ああいうのを、ポルターガイストって言《い》って、突然物《とつぜんもの》が宙《ちゅう》にうかんで飛《と》び回《まわ》る現象《げんしょう》なんだけど、幽霊《ゆうれい》の仕業《しわざ》であることが多《おお》いの。ポルターガイストという言葉自体《ことばじたい》が、ドイツ語《ご》で**『騒々《そうぞう》しい音《おと》を立《た》てる』『幽霊《ゆうれい》』**という2つの言葉《ことば》を組《く》み合《あ》わせて、つくられた言葉《ことば》だから」

「じゃあ、さっきいた怪異《かいい》は、幽霊《ゆうれい》ってこと?」

「かもしれない。というか、夜見坂君《よみさかくん》。幽霊《ゆうれい》っているの?」

わたしは、ききたくないと思《おも》いつつも、質問《しつもん》する。

前《まえ》にも、似《に》たようなことをきいた気《き》はするけど、はっきりと幽霊《ゆうれい》を見《み》たことは今《いま》のところはないんだよね。

「**いるよ**。でも、今《いま》の一ノ瀬《いちのせ》さんが見《み》るのはむずかしいかも。幽霊《ゆうれい》って体《からだ》がないから、生《い》きている人《ひと》が見《み》るには特殊《とくしゅ》な力《ちから》が必要《ひつよう》だって、ワイピーの人《ひと》に聞《き》いたことがあるよ。将来《しょうらい》的《てき》には、一ノ瀬《いちのせ》さんにも見《み》えるようになりそうだけどね」

「ぜんぜん、うれしくない情報《じょうほう》だよ、それ。……さっき、夜見坂君《よみさかくん》には幽霊《ゆうれい》の姿《すがた》は見《み》えたの？」

「ううん。見《み》ていない」

夜見坂君《よみさかくん》は、首《くび》を横《よこ》にふる。

「じゃあ、幽霊《ゆうれい》だとも言《い》い切《き》れないね」

そんなふうに片《かた》づけながら話《はな》していると、わたしはピアノの前《まえ》のイスに、月明《つきあ》かりに照《て》らされて、キラキラと光《ひか》るものを見《み》つける。

そっとひろうと、それは**金色《きんいろ》の髪《かみ》の毛《け》**のように見《み》える。

夜見坂君《よみさかくん》が妖狐《ようこ》になったとき、毛《け》が落《お》ちたのだろうか。

……いや、ちがうかも。

これ、髪《かみ》の毛《け》じゃない。

そのとき、わたしの頭《あたま》の中《なか》で、ふとひらめく。

金色《きんいろ》の髪《かみ》の毛《け》のようなもの、青《あお》い光《ひかり》、姿《すがた》が見《み》えない、ポルターガイスト、「ママー」という女《おんな》の子《こ》の声《こえ》。

昔《むかし》、どこかの都市伝説《としでんせつ》を集《あつ》めた本《ほん》で、読《よ》んだ記憶《きおく》がある。

これって、もしかして……。

「一ノ瀬《いちのせ》さん、どうかしたの？　急《きゅう》にだまっちゃったけど」

夜見坂君《よみさかくん》が、心配《しんぱい》そうに近《ちか》づいてくる。

わたしは顔《かお》をあげる。

「夜見坂君《よみさかくん》。わたし、怪異《かいい》の正体《しょうたい》がわかったかも」

7 すねないで、夜《よ》見《み》坂《さか》君《くん》！

次《つぎ》の日《ひ》の夜《よる》。

昨日《きのう》と同《おな》じように、わたしと夜見坂君《よみさかくん》は学校《がっこう》にやってきていた。

「夜見坂君《よみさかくん》、むくれてない？」

少《すこ》しすねたような顔《かお》を、夜見坂君《よみさかくん》はしている。

「べつに。それで、やっとわかったことを話《はな》してくれるの？」

やっぱり、そのことだ。

怪異《かいい》の正体《しょうたい》を、まだ夜見坂君《よみさかくん》に伝《つた》えていなかった。

というのも、ちゃんと理由《りゆう》があるんだよ。

べつに、意地悪《いじわる》で教《おし》えなかったわけじゃないんだから。

「ごめん。正体《しょうたい》がわかったと思《おも》ったけど、ちゃんと資料《しりょう》に当《あ》たってみないと、まちがっているかもしれないからさ。それで昨日《きのう》の夜《よる》、帰《かえ》ってから調《しら》べたんだ」

洗濯《せんたく》ばさみを顔《かお》につけて、痛《いた》みで気《き》を失《うしな》わないようにしながら、都市伝説《としでんせつ》の本《ほん》を読《よ》み返《かえ》してみた。

記憶《きおく》を頼《たよ》りに、前《まえ》に読《よ》んだことのある本《ほん》を何冊《なんさつ》か読《よ》み返《かえ》したら、見《み》つけたんだよね。

あの音楽室《おんがくしつ》にいたかもしれない怪異《かいい》について書《か》かれているものを。

「それで、怪異《かいい》の正体《しょうたい》はなんだったの？」

「これから、その怪異《かいい》のところに案内《あんない》するよ」

わたしと夜見坂君《よみさかくん》は、昨日《きのう》と同《おな》じように校舎《こうしゃ》の中《なか》に入《はい》って、ろう下《か》を進《すす》む。

まだ不気味《ぶきみ》ではあるけど、昨日《きのう》よりは鳥肌《とりはだ》がたっていない。

少《すこ》しは慣《な》れたのもあるのか、それとも昨日《きのう》より怪異《かいい》の気配《けはい》がうすいのか。

「学校《がっこう》の中《なか》にいるの？」

「うん。夜見坂君《よみさかくん》も見《み》たことあるはずだよ」

「ぼくも？」

夜見坂君《よみさかくん》は、心当《こころあ》たりはないという顔《かお》をしている。

でも、うちのクラスメイトは、みんな見《み》たことがあるはずだ。

理科《りか》の授業《じゅぎょう》があったから。

わたしは、理科室《りかしつ》のドアの前《まえ》に立《た》つ。

それだけなのに、ひんやりとした空気《くうき》を感《かん》じて、わたしはぶるりと身《み》をふるわせる。

それは寒《さむ》さとはべつものの、怪異《かいい》の存在《そんざい》を感《かん》じるときの、冷《ひ》えた空気《くうき》だ。

「音楽室《おんがくしつ》じゃないんだ」

夜見坂君《よみさかくん》の言葉《ことば》にうなずき、わたしは理科室《りかしつ》のドアを開《あ》ける。

もちろんだけど、こんな夜《よる》の理科室《りかしつ》にだれもいない。

ひっそりとした理科室《りかしつ》は、それだけでも気味《きみ》が悪《わる》い。

わたしはまっすぐに、最近新《さいきんあら》たにこの理科室《りかしつ》に置《お》かれている、「人形《にんぎょう》」の元《もと》へ向《む》かった。

青《あお》い目《め》の人形《にんぎょう》は、前《まえ》に見《み》たときと同《おな》じように、理科室《りかしつ》の後《うし》ろの棚《たな》の、ガラスケースの中《なか》に飾《かざ》られている。

「昨日《きのう》ぶり。**あなただよね。ピアノを弾《ひ》いていたのは**」

わたしは、青《あお》い目《め》の人形《にんぎょう》に向《む》けて言《い》う。

しーんと静《しず》まり返《かえ》る理科室《りかしつ》。

あれ？

もしかして、わたしのかんちがいだった……？

反応《はんのう》がないことに、わたしは不安《ふあん》になる。

だけど、次《つぎ》の瞬間《しゅんかん》にガラスケースの中《なか》の人形《にんぎょう》が**動《うご》いた**。

「あら。バレていたのね。少《すこ》しは賢《かしこ》いみたいじゃない。それでなんの用《よう》かしら？」

暗《くら》い理科室《りかしつ》の中《なか》、人形《にんぎょう》が青《あお》い目《め》を光《ひか》らせて言《い》った。

8 仲良《なかよ》くなりたい

人形《にんぎょう》が、自力《じりき》でガラスケースを持《も》ち上《あ》げて、中《なか》から出《で》てくる。

その様子《ようす》は、かなりシュールだ。

わたしは、両腕《りょううで》に鳥肌《とりはだ》がたつと同時《どうじ》に、背中《せなか》に寒気《さむけ》が走《はし》る。

夜見坂君《よみさかくん》がわたしをかばうように、前《まえ》に出《で》た。

「君《きみ》がピアノを弾《ひ》いて、みんなをこまらせていた犯人《はんにん》か」

夜見坂君《よみさかくん》が、けわしい顔《かお》で言《い》う。

「だとしたら、なんなのかしら？　あなたもわたしの側《がわ》でしょう。妖狐《ようこ》さん。人間《にんげん》の肩《かた》を持《も》つの」

パンパン、とスカートをはらって、人形《にんぎょう》が青《あお》い目《め》を光《ひか》らせる。

暗《くら》いせいもあって、その光《ひかり》がよく目立《めだ》つ。

「どっちかの味方《みかた》になるわけじゃない。怪異《かいい》と人間《にんげん》の間《あいだ》に、トラブルが起《お》きないようにするのが、ぼくたちの役目《やくめ》だ。君《きみ》の行動《こうどう》は、トラブルの元《もと》になる」

「結局《けっきょく》、人間《にんげん》の味方《みかた》ってことじゃない。……じゃあ、敵《てき》ね」

人形《にんぎょう》の口元《くちもと》がゆがむと同時《どうじ》に、理科室《りかしつ》にあるビーカーが浮《う》かび上《あ》がる。

そのまま、わたしたちに向《む》かって飛《と》んでくる。

「ポルターガイスト!?」

「ふせてろ!」

夜見坂君《よみさかくん》が、わたしの手《て》をさわって妖狐《ようこ》になると、飛《と》んできたビーカーをたたき落《お》とす。

ガラスの割《わ》れる音《おと》が、理科室《りかしつ》にひびく。

夜《よる》の学校《がっこう》を選《えら》んでおいてよかった。

少《すこ》しぐらい音《おと》がしても、気《き》がついてやってくるような人《ひと》はいないはず。

「なら、これでどう」

今度《こんど》は、イスが3脚《きゃく》うかぶ。

ポルターガイストの力《ちから》で、あんなものまでうかせられるんだ。

ただ、人形《にんぎょう》の表情《ひょうじょう》が少《すこ》しつらそうに見《み》えるから、無理《むり》をしているのかも。

イスがわたしたちに向《む》かってくるけど、これも簡単《かんたん》に夜見坂君《よみさかくん》がさばく。

さすがに、夜見坂君《よみさかくん》を苦戦《くせん》させるような力《ちから》はなさそうだ。

「オーケー、やるじゃない。なら、**とっておきを見《み》せてあげるわ！**」

人形《にんぎょう》が怒鳴《どな》って、青《あお》い目《め》が赤《あか》くなる。

な、なに⁉

鳥肌《とりはだ》が強《つよ》くなる。

ボッ！

夜見坂君《よみさかくん》の右腕《みぎうで》が、突然炎《とつぜんほのお》につつまれる。

「ちっ！」

夜見坂君《よみさかくん》が、舌打《したう》ちする。

「夜見坂君《よみさかくん》⁉」

あれは、**発火現象《はっかげんしょう》？**

ポルターガイスト現象《げんしょう》の1つとされているけど、もしかして火《ひ》の気《け》のないところでも、
自由《じゆう》に燃《も》やせるの⁉

「大丈夫《だいじょうぶ》だ」

夜見坂君《よみさかくん》は、炎《ほのお》につつまれた腕《うで》を強《つよ》く横《よこ》にふる。

それだけで、炎《ほのお》が消《け》しとぶ。

「はあはあ……」

人形《にんぎょう》が、息《いき》を荒《あら》くしている。

その機能《きのう》がないからなのか、汗《あせ》をかいたりはしていないけれど、かなりつらそうに見《み》える。

どうやら、あの発火現象《はっかげんしょう》は、簡単《かんたん》に使《つか》えるものではないみたい。

それにしても、人形《にんぎょう》にも疲《つか》れっていうのがあるんだ。

怪異《かいい》だからなのかもしれないけど。

こんなときだっていうのに、そんなことに感心《かんしん》してしまう。

「こっちから行《い》くぞ」

夜見坂君《よみさかくん》が一気《いっき》に間合《まあ》いをつめて、人形《にんぎょう》になぐりかかる。

人形《にんぎょう》がとっさに、近《ちか》くにあった木《き》の板《いた》を目《め》の前《まえ》に飛《と》ばしてガードする。

だけど、夜見坂君《よみさかくん》のパンチは木《き》の板《いた》をあっさりくだいて、人形《にんぎょう》をふきとばす。

「きゃっ!」

人形《にんぎょう》から、悲鳴《ひめい》が上《あ》がる。

「さて。ここまでだ」

夜見坂君《よみさかくん》が、人形《にんぎょう》の前《まえ》に立《た》って、にらみつける。

「ふざけないで」

人形《にんぎょう》が、抵抗《ていこう》しようとする。

これだけ見《み》ると、わたしたちが悪者《わるもの》に見《み》える。

「もうやめよう。あなたは**『青《あお》い目《め》の人形《にんぎょう》』**でしょう」

わたしは、前《まえ》に出《で》て人形《にんぎょう》に声《こえ》をかける。

人形《にんぎょう》が、わたしのほうを見《み》た。

青《あお》い目《め》が、おどろいたように、少《すこ》し見開《みひら》かれている。

「青《あお》い目《め》の人形《にんぎょう》。昭和《しょうわ》の初《はじ》めにアメリカから贈《おく》られた人形《にんぎょう》なんだよね」

人形《にんぎょう》の声《こえ》が、少《すこ》しだけ喜《よろこ》んでいるように聞《き》こえる。

「知《し》ってるの？」

「調《しら》べたの。青《あお》い目《め》の人形《にんぎょう》たちは昭和《しょうわ》の始《はじ》め、親善《しんぜん》のためにアメリカから日本《にほん》に贈《おく》られた。その人形《にんぎょう》たちは、全国《ぜんこく》の幼稚園《ようちえん》や小学校《しょうがっこう》などに配《くば》られて、飾《かざ》られるようになったの。当時《とうじ》の子《こ》どもたちに、とても喜《よろこ》ばれたみたい。でも、時代《じだい》が進《すす》み、アメリカと戦争《せんそう》が始《はじ》まってしまい、状況《じょうきょう》が変《か》わった。アメリカから贈《おく》られた人形《にんぎょう》は、処分《しょぶん》されていった。そのことをかわいそうに思《おも》った人《ひと》たちが、床下《ゆかした》や屋根裏《やねうら》などに隠《かく》して、わずかばかりの人形《にんぎょう》は生《い》き延《の》びた。そんないきさつがあるからか、そのうち都市伝説《としでんせつ》として語《かた》られるようになったの。

それが『青《あお》い目《め》の人形《にんぎょう》』」

「なるほどな。こいつは、そのうちの1体《たい》ってわけか。**付喪神《つくもがみ》の一種《いっしゅ》だな**」

妖狐《ようこ》姿《すがた》の夜見坂君《よみさかくん》が、納得《なっとく》したようにうなずいた。

付喪神《つくもがみ》。

長《なが》い間《あいだ》大事《だいじ》に使《つか》われてきた物《もの》に、精霊《せいれい》が宿《やど》った存在《そんざい》のことだ。

名前《なまえ》に神《かみ》とついているけれど、神様《かみさま》としてあつかっている文献《ぶんけん》はほとんどない。

あくまで物《もの》が意志《いし》をもった存在《そんざい》を「付喪神《つくもがみ》」という名前《なまえ》で呼《よ》んだっていうことみたい。

「どうして、わかったのかしら？　昨日《きのう》は姿《すがた》を見《み》られていなかった、と思《おも》うのだけれど」

青《あお》い目《め》の人形《にんぎょう》は言《い》いながら、金色《きんいろ》の後《うし》ろ髪《がみ》をぱさりと、片手《かたて》でかきあげる。

その仕草《しぐさ》が、とても似合《にあ》っていて、人形《にんぎょう》にはぜんぜん見《み》えない。

「昨日《きのう》の音楽室《おんがくしつ》で、金色《きんいろ》の髪《かみ》の毛《け》を見《み》つけたの。でもそれは髪《かみ》の毛《け》じゃなくて、よく見《み》ると金色《きんいろ》の糸《いと》だった。そして、音楽室《おんがくしつ》で見《み》た青《あお》い光《ひかり》。決定的《けっていてき》だったのは、『**ママー**』という声《こえ》。『青《あお》い目《め》の人形《にんぎょう》』の都市伝説《としでんせつ》では、人形《にんぎょう》が『**ママー**』とよぶ声《こえ》が聞《き》こえるという話《はなし》が多《おお》いの。だから、昨日《きのう》出会《であ》ったのは、『青《あお》い目《め》の人形《にんぎょう》』のあなただと思《おも》った」

「正解《せいかい》ね。でも、１つ言《い》っておくとね。『ママ』をさがしているつもりはないの。ただ、人《ひと》がそういうふうにウワサしているのを知《し》って、真似《まね》てみただけ」

「つまり、都市伝説《としでんせつ》の話《はなし》を知《し》ったから、『ママ』と言《い》っていたってこと？」

順番《じゅんばん》が、まるっきり逆《ぎゃく》だ。

都市伝説《としでんせつ》を、怪異《かいい》のほうが真似《まね》るなんて。

「そんな話《はなし》は、もういいわ。もともと、存在《そんざい》がバレたら抵抗《ていこう》する気《き》も、たいしてなかったもの。さっきのも最後《さいご》に思《おも》いっきり、力《ちから》を使《つか》ってみたかっただけ。あとは好《す》きにすれば。わたしを壊《こわ》したいなら、どうぞ勝手《かって》にして」

人形《にんぎょう》は、投《な》げやりに言《い》う。

「そこまでするつもりはないよ。君《きみ》が人《ひと》に迷惑《めいわく》をかけなければ、問題《もんだい》ない」

夜見坂君《よみさかくん》が、人《ひと》の姿《すがた》にもどって言《い》う。

もう危険《きけん》がない、と判断《はんだん》したみたい。

人形《にんぎょう》からは、敵意《てきい》は感《かん》じなくなっていた。

かわりに、あきらめを強《つよ》く感《かん》じる。

「どうして、ピアノを弾《ひ》いていたの？」

「退屈《たいくつ》でしかたなかったの。だからピアノを覚《おぼ》えて、弾《ひ》いていただけよ。でも1人《ひとり》で弾《ひ》いているのもつまらないじゃない。だから、ピアノを聞《き》かせてやったりしたのよ」

それは……。

わたしは、どんな気持《きも》ちで目《め》の前《まえ》の人形《にんぎょう》がピアノを弾《ひ》いていたかを想像《そうぞう》して、くちびるをキュッとかみしめる。

怖《こわ》がらせようと思《おも》ったんじゃなくて、**ただ聞《き》いてもらいたかった**だけなんじゃ……。

「でも、君《きみ》が行《おこな》うことは、人《ひと》にとってはおどろいてしまうことなんだ。やめてくれれば、とくに問題《もんだい》にならないし、ここで過《す》ごしてもらってもかまわない」

夜見坂君《よみさかくん》が、提案《ていあん》し、わたしも続《つづ》ける。

「人《ひと》に聞《き》かれなければ、ピアノも弾《ひ》いて大丈夫《だいじょうぶ》だと思《おも》う。だから……」

「さっきも言《い》ったでしょ。勝手《かって》にして。わたしはもう飽《あ》き飽《あ》きなの。いつの間《ま》にか意識《いしき》が宿《やど》ってから、もう30年以上《ねんいじょう》がたつわ。だれとも話《はな》さず、人《ひと》からは逃《に》げられて、これからもずっとこのままなんて、うんざりよ。なら終《お》わりでいい」

わたしの言葉《ことば》を、さえぎるように人形《にんぎょう》が言《い》った。

30年《ねん》もの長《なが》い間《あいだ》、話《はな》す相手《あいて》もいない時間《じかん》が続《つづ》くなんてこと、わたしには想像《そうぞう》もつかない。

だけど、つらいということは彼女《かのじょ》の様子《ようす》から、伝《つた》わってきた。

どうすれば、そのつらさがなくなるのか、彼女自身《かのじょじしん》もわからなかったのかもしれない。

だったら、わたしができるのは……。

「ねえ、**名前《なまえ》を教《おし》えてもらえない？**」

わたしは、たずねる。

「名前《なまえ》？　どうしてよ。どうせそんなの知《し》ったところで、青《あお》い目《め》の人形《にんぎょう》とか言《い》って、気味《きみ》悪《わる》がられるだけでしょ」

「わたしは、あなたの名前《なまえ》を知《し》りたいし、よびたい」

「なにを言《い》ってるの？」

人形《にんぎょう》は、けげんな顔《かお》でわたしを見《み》る。

「友達《ともだち》になるには、まずは名前《なまえ》を知《し》りたいでしょ。名前《なまえ》を知《し》らなくても友達《ともだち》にはなれるけど、やっぱり知《し》っていたほうが仲良《なかよ》くなれるし」

「あなたは人間《にんげん》で、わたしは人形《にんぎょう》よ」

「それを言《い》うなら、わたしは人間《にんげん》で夜見坂君《よみさかくん》……彼《かれ》は半妖《はんよう》だよ」

となりに立《た》つ、夜見坂君《よみさかくん》に視線《しせん》を向《む》ける。

友達《ともだち》になるのに、人《ひと》か怪異《かいい》かは関係《かんけい》ない。

どれだけ相手《あいて》によりそえるか、仲良《なかよ》くしたいと心《こころ》から思《おも》っているか。

そっちのほうが重要《じゅうよう》だ。

「……もともとつけてもらった名前《なまえ》は、**アリサ**よ。そうよばれたことは、ほとんどなかったけど」

「アリサね。すごくいい名前《なまえ》！」

日本《にほん》でもアメリカでも、通用《つうよう》しそうな名前《なまえ》だ。

「そ、そう……？」

アリサは、ちょっと照《て》れた顔《かお》をしてる。

「アリサ、さっそくなんだけど、ちょっと髪《かみ》をさわらせてもらってもいい？　さっきのさわぎで、髪《かみ》が乱《みだ》れてしまっているから。直《なお》させてくれない？」

「……まあ、いいわよ」

アリサはまんざらでもなさそうに、そっぽを向《む》く。

わたしは、バッグから携帯用《けいたいよう》のくしを出《だ》して、アリサの長《なが》い髪《かみ》をとく。

「あれ？」

アリサの髪《かみ》をくっている、リボンが切《き》れかかっている。

さっきの戦《たたか》いのせいかな。

わたしはバッグから、自分《じぶん》の髪《かみ》を留《と》めるために使《つか》っている、ゴムを取《と》り出《だ》す。

「とりあえず、だけど」

アリサの髪《かみ》のリボンをはずして、ゴムでサイドアップのようにしてみる。

やっぱりかわいい。

「なにをしたの？」

アリサが警戒《けいかい》して、にらむように見《み》てくる。

「このリボンが切《き》れかかっていたの。だから、わたしの使《つか》ってるゴムで髪《かみ》をまとめさせてもらったんだけど、嫌《いや》だった？　今度《こんど》、新《あたら》しいリボンを買《か》ってくるから」

わたしは、アリサにちぎれかけたリボンを、手《て》のひらにのせて見《み》せる。

「……そんなことない。**これでいい**。新《あたら》しいのはいらない」

「そう？　気《き》に入《い》ってもらえたなら、うれしいけど」

もともとアリサの髪《かみ》はきれいなウェーブだから、ただの目立《めだ》たないゴムでも、髪型《かみがた》に変《へん》化《か》がついて、十分《じゅうぶん》にきれいだ。

「これからも話《はな》しにくるから。だから、壊《こわ》されてもいいなんて、もう言《い》わないで」

「……本当《ほんとう》にくるの？」

アリサの目《め》が、わたしの心《こころ》をうかがうように見《み》る。

でも、本当《ほんとう》にそのつもりだし、ウソは言《い》ってない。

わたしは、まっすぐにアリサの青《あお》い目《め》を見《み》返《かえ》す。

「くるよ。こっそりだから、毎日《まいにち》っていうわけにはいかないかもしれないけど、休《やす》み時間《じかん》とかでも、バレないようにすればいいわけだし」

アリサは、考《かんが》える顔《かお》になる。

——そして。

「なら、**ここで待《ま》ってるわ**」

ぽつりと、アリサが言《い》った。

「じゃあ！」

「あなたが話《はな》しに来《く》る間《あいだ》は、退屈《たいくつ》がまぎれそうだと思《おも》ったの」

アリサは言《い》って、横《よこ》を向《む》く。

「でも、ここにいていいの？　あなたは怪異《かいい》なんだから、この場所《ばしょ》にこだわらなくても、いいと思《おも》うんだけど」

アリサがいなくなれば、さわぎになるだろうけれど、それぐらいはしょうがないと思《おも》う。

怪異《かいい》の自由《じゆう》を、うばうほうが問題《もんだい》だよね。

「ここにいるわ。外《そと》の世界《せかい》で、人形《にんぎょう》が楽《らく》に生《い》きていけるとは思《おも》えないし。それに、夜《よる》の学《がっ》校《こう》を出歩《である》くぐらいは、ゆるしてくれるんでしょ」

「人《ひと》に迷惑《めいわく》をかけないなら、目《め》をつぶるよ。存在《そんざい》を否定《ひてい》したいわけじゃないからね」

夜見坂君《よみさかくん》が、約束《やくそく》する。

「話《はなし》はまとまったかな。これでいい、夜見坂君《よみさかくん》」

「いいよ。ただ、次《つぎ》に人《ひと》に迷惑《めいわく》をかけたら、放《ほう》ってはおけない。肝《きも》に銘《めい》じておいてね」

「わかったわ。わたし、**もう少《すこ》し生《い》きていたくなったもの**」

アリサは、わたしがつけた髪留《かみど》めのゴムをさわると、ほほ笑《え》んだ。


わたしと夜見坂君《よみさかくん》は、アリサと別《わか》れて学校《がっこう》を出《で》る。

夜《よる》もおそいので、夜見坂君《よみさかくん》に家《いえ》まで、歩《ある》いて送《おく》ってもらうことになった。

夜道《よみち》はいつも、心細《こころぼそ》いし鳥肌《とりはだ》がたってしまうけど、夜見坂君《よみさかくん》と一緒《いっしょ》だからか、まったく大丈夫《だいじょうぶ》だった。

「助《たす》けてもらっちゃったね。ぼくじゃ、あの人形《にんぎょう》……アリサの退屈《たいくつ》でやけになった気持《きも》ちを、どうにもできなかったと思《おも》う」

夜見坂君《よみさかくん》が、歩《ある》きながら感心《かんしん》したように言《い》った。

「**わたしだってリサーチャーだから**。それに、なるべく怪異《かいい》にも幸《しあわ》せになってほしいし人間《にんげん》の都合《つごう》に合《あ》わせさせるだけなのは、なにかちがうと思《おも》う。

「一ノ瀬《いちのせ》さんは、怪異《かいい》が相手《あいて》でもやさしいね。どうして？」

「どうしてって……リサーチャーの立場《たちば》って、どっちにも肩入《かたい》れしすぎたら、ダメだと思《おも》うから。人《ひと》を守《まも》らなきゃいけないときは、守《まも》るつもりだよ」

リサーチャーの、そしてワイピーの目的《もくてき》は、人間《にんげん》と怪異《かいい》が共存《きょうぞん》できるように、トラブルを解決《かいけつ》することだ。

どっちか一方《いっぽう》の都合《つごう》を、押《お》しつけたら共存《きょうぞん》なんてできない。

「ほんと、一ノ瀬《いちのせ》さんが協力者《きょうりょくしゃ》になってくれてよかったよ。……**個人的《こじんてき》にもね**」

「え？　なにか言《い》った？」

最後《さいご》のほうに言《い》われた言葉《ことば》が、聞《き》き取《と》れなかった。

「べつに。**これからもよろしく**、って言《い》っただけだよ」

「うん？　こちらこそよろしくね」

わたしは夜見坂君《よみさかくん》の言《い》っていることに、腑《ふ》に落《お》ちないものを感《かん》じつつ返事《へんじ》をする。

夜見坂君《よみさかくん》が笑《わら》っている。

「ねえ、やっぱりなにか、べつのことを言《い》ってなかった？」

わたしは、けげんな目《め》を、夜見坂君《よみさかくん》に向《む》ける。

でも、わたしの問《と》いに、夜見坂君《よみさかくん》は首《くび》をふって答《こた》える。

「言《い》ってないよ」

おまけ 怪《かい》異《い》リサーチ！①

今回《こんかい》も怪異《かいい》リサーチの時間《じかん》がきました！

またやるんだ、これ。

当然《とうぜん》だよ。**台本《だいほん》**ももらってるからね。

夜見坂君《よみさかくん》のいつもと違《ちが》うテンションは、そのせいなんだね。

それはともかく、今回《こんかい》も一ノ瀬《いちのせ》さんに説明《せつめい》をお願《ねが》いします。

もう2回目《かいめ》だからいいけど……。じゃあ、最初《さいしょ》は「**青《あお》い目《め》の人形《にんぎょう》**」からにしようか。

青《あお》い目《め》の人形《にんぎょう》って、そのままだよね。**雪女《ゆきおんな》**とか**妖狐《ようこ》**みたいに、名前《なまえ》がないっていうか。

青《あお》い目《め》の人形《にんぎょう》自体《じたい》は、怪異《かいい》のことを指《さ》してるわけじゃないんだ。実際《じっさい》にあった人形《にんぎょう》たちのことなんだよ。

たちってことは、青《あお》い目《め》の人形《にんぎょう》がたくさんあったってこと？

そう。もともとは、昭和《しょうわ》の初《はじ》めにアメリカから日本に、親善《しんぜん》のために贈《おく》られた人形《にんぎょう》のことだからね。数《かず》は**12000〜13000体《たい》**もあったそうだよ。

すごい数《かず》だね。その数《かず》の人形《にんぎょう》がならんでいたら、ちょっとびっくりの光景《こうけい》かもしれない。怖《こわ》く思《おも》う子《こ》がいても、不思議《ふしぎ》じゃないね。

実際《じっさい》は全国《ぜんこく》の小学校《しょうがっこう》に1体《たい》ずつ贈《おく》られたらしいから、その数《かず》の人形《にんぎょう》をまとめてみた子《こ》どもはいないはずだけどね。

だとしたら、なんでその人形《にんぎょう》が怪異《かいい》になるような話《はなし》があるの？

そのあとの人形《にんぎょう》に、起《お》こった出来事《できごと》にも関係《かんけい》してるんだ。

なにが起《お》きたの？

日本とアメリカは、人形《にんぎょう》が贈《おく》られたあとに、**戦争《せんそう》になってしまった**のは知《し》ってる？

うん。授業《じゅぎょう》でやったからね。

日本とアメリカは敵同士《てきどうし》になってしまったから、アメリカから贈《おく》られた人形《にんぎょう》を飾《かざ》っているのはよくないってことになって、処分《しょぶん》されることになったの。

人形《にんぎょう》に罪《つみ》はないじゃないか。

そうなんだけど、当時《とうじ》はそう言《い》える雰囲気《ふんいき》ではなくてね。だから、人形《にんぎょう》を処分《しょぶん》するしかなかったの。

じゃあ、アリサは人形《にんぎょう》の幽霊《ゆうれい》かなにか？　いやでも、ふつうに実体《じったい》があったし、クラスのみんなも見《み》ていたよね。どういうこと？

青《あお》い目《め》の人形《にんぎょう》は処分《しょぶん》されることになったけど、それはあまりにかわいそうだ、と思《おも》う人《ひと》たちはやっぱりいてね。こっそり天井裏《てんじょううら》や床下《ゆかした》、先生《せんせい》が自宅《じたく》に持《も》ち帰《かえ》ったりして、処分《しょぶん》をまぬがれた人形《にんぎょう》があったんだ。

じゃあ、そのうちの1体《たい》がアリサ？

たぶんね。青《あお》い目《め》の人形《にんぎょう》は、そうした経験《けいけん》をしてきた人形《にんぎょう》が、さびしさから声《こえ》を上《あ》げてるとか、逆《ぎゃく》に襲《おそ》ってくるみたいな怪談《かいだん》なの。人形《にんぎょう》は全国《ぜんこく》に贈《おく》られたこともあって、全国各地《ぜんこくかくち》でそういった怪談《かいだん》があるんだよ。

なるほどね。アリサも苦労《くろう》したんだな……少《すこ》しは**優《やさ》しくしてもいいかもな**。

そうだよ。夜見坂君《よみさかくん》は、人《ひと》と距離《きょり》をとるところがあるから。

人《ひと》でも怪異《かいい》でも、小《ちい》さいころからふつうに話《はな》せる相手《あいて》がお父《とう》さんぐらいしかいなかったから、なれないんだ。

大丈夫《だいじょうぶ》だよ。アリサはいい子《こ》だから、きっと仲良《なかよ》くなれるよ。

だといいけどなぁ。

9 社会《しゃかい》勉強《べんきょう》も大事《だいじ》です

朝《あさ》のホームルーム前《まえ》の教室《きょうしつ》は、さわがしい。

だけど、今日《きょう》に限《かぎ》っては、そのさわがしさがいつもと、ちがっていた。

教室《きょうしつ》にいるクラスメイトの視線《しせん》が向《む》いているのは、深刻《しんこく》な顔《かお》をして席《せき》にすわっている、夜見坂君《よみさかくん》。

あまりの深刻《しんこく》そうな顔《かお》に、だれも声《こえ》をかけられず、だけど気《き》になって、みんなひそひそと話《はな》して、心配《しんぱい》していた。

そんな状態《じょうたい》だけに、わたしも夜見坂君《よみさかくん》に、とてもじゃないけど声《こえ》をかけることはできなかった。

どうしたんだろう、夜見坂君《よみさかくん》？

スマホのトークアプリにも、連絡《れんらく》はきてないし。

なんか怪異《かいい》にからんで、問題《もんだい》でも起《お》きたのかな。

当然《とうぜん》、気《き》になってしかたなかったけど、この注目《ちゅうもく》をあびる中《なか》では、トークアプリで「なにかあったの？」と送《おく》るぐらいしかできなかった。

午前中《ごぜんちゅう》の授業《じゅぎょう》が終《お》わり、お昼休《ひるやす》みになって、教室《きょうしつ》からはなれたタイミングで、やっとこっそりと夜見坂君《よみさかくん》に声《こえ》をかけることができた。

「ねえ、メッセージも送《おく》っちゃったけど、なにかあったの？　朝《あさ》から深刻《しんこく》な顔《かお》をしているけど」

ろう下《か》の人目《ひとめ》につかないところで、問《と》いかける。

「一ノ瀬《いちのせ》さん。……お願《ねが》いしたいことがあるんだけど、いいかな」

夜見坂君《よみさかくん》は、少《すこ》しためらったあと切《き》り出《だ》す。

「なに？」

あらたまってなんだろう？　とちょっとドキドキする。

「今週末《こんしゅうまつ》、**ぼくと回転寿司《かいてんずし》に行《い》ってくれないかな？**」

「回転寿司《かいてんずし》？」

意外《いがい》な話《はなし》に、わたしはとまどう。

どこから回転寿司《かいてんずし》の話《はなし》が、出《で》てきたの？

「じつは、佐々木《ささき》さんから社会勉強《しゃかいべんきょう》をしてくるように、ときどき言《い》われるんだ。今回《こんかい》は、回転寿司《かいてんずし》を食《た》べてくることでさ」

佐々木《ささき》さんは、夜見坂君《よみさかくん》の家《いえ》の家政婦《かせいふ》さんで、ワイピーの人《ひと》らしい。

表情《ひょうじょう》がほとんど表《おもて》に出《で》ない人《ひと》なんだけれど、気《き》を失《うしな》ったわたしの世話《せわ》をしてくれたりと、何度《なんど》かお世話《せわ》になっている。

「それに、わたしがついていくの？」

社会勉強《しゃかいべんきょう》だったら、1人《ひとり》で行《い》ったほうがいい気《き》もするけど。

「ぼく、回転寿司《かいてんずし》に行《い》ったことがなくて。お寿司《すし》がまわってるんだよね？」

「正確《せいかく》には、**お寿司《すし》がのったお皿《さら》が**、だけどね」

むずかしいことはないけど、なれないとわからないかもしれない。

「それがちゃんと注文《ちゅうもん》できるのか、お寿司《すし》を食《た》べられるのか、自信《じしん》がなくて……」

「そういうことなら、かまわないけど……。もしかして、夜見坂君《よみさかくん》が朝《あさ》からむずかしそうな顔《かお》をしてたのって、そのこと？」

もっと、重大《じゅうだい》な怪異《かいい》のトラブルが起《お》きたのかと、思《おも》ったんだけど。

「……ぼくにとっては、頭《あたま》をなやませる重大事《じゅうだいじ》なんだ」

夜見坂君《よみさかくん》は、少《すこ》し照《て》れたように横《よこ》を向《む》く。

たしかに、初《はじ》めて行《い》く場所《ばしょ》は、わたしだって緊張《きんちょう》するし、深刻《しんこく》な顔《かお》にもなるかもしれない。

「回転寿司《かいてんずし》には行《い》ったことがあるし、わからないことがあれば教《おし》えられるとは思《おも》うよ」

「よかった。じゃあ、くわしい予定《よてい》については、またあとで連絡《れんらく》するよ」

そう約束《やくそく》して、夜見坂君《よみさかくん》と別《わか》れる。

うれしそうに歩《ある》いて行《い》く夜見坂君《よみさかくん》を見《み》て、思《おも》わず笑《わら》ってしまう。

夜見坂君《よみさかくん》は、しっかりしてそうだけど、人《ひと》の世界《せかい》の常識《じょうしき》には、まだまだ疎《うと》いところがあるんだよね。

人間《にんげん》の社会《しゃかい》に来《き》て、まだ数年《すうねん》しかたっていないから、当然《とうぜん》なんだけど。

わたしたちが、当《あ》たり前《まえ》に知《し》っていることを知《し》らなかったりもするし。

そういうところも、助《たす》けていけたらいいな。

それにしても、夜見坂君《よみさかくん》とお出《で》かけかぁ。

……もしかして、怪異《かいい》がからまないで、出《で》かけるのは初《はじ》めて？

今《いま》さらながら、わたしは気《き》づく。

しかも、2人《ふたり》っきりでご飯《はん》を食《た》べに出《で》かけるって……**デート!?**

いやいや！　そうじゃないよね。

夜見坂君《よみさかくん》も、そんなつもりじゃないはずだし。

わたしは、夜見坂君《よみさかくん》が無事《ぶじ》に回転寿司《かいてんずし》を食《た》べられるように、アドバイスをするだけ……。

そうくり返《かえ》しつつ、わたしは自分《じぶん》の心《こころ》を落《お》ちつけた。

10 夜見坂君《よみさかくん》の意外《いがい》な弱点《じゃくてん》？

回転寿司《かいてんずし》に行《い》く約束《やくそく》をした、日曜日《にちようび》になった。

わたしは、夜見坂君《よみさかくん》と一緒《いっしょ》に、駅《えき》で2つほどはなれたショッピングモールにやってきていた。

このショッピングモールに、回転寿司《かいてんずし》のお店《みせ》もある。

ここを選《えら》んだのは、人目《ひとめ》を気《き》にしてのことだ。

さすがに、2人《ふたり》っきりで回転寿司《かいてんずし》に入《はい》るのを、だれかクラスの人《ひと》にでも見《み》られたら、変《へん》なウワサがたたないとも限《かぎ》らないし。

わたしは、回転寿司《かいてんずし》のお店《みせ》の前《まえ》までくると、となりの夜見坂君《よみさかくん》を見《み》る。

「それじゃあ、入《はい》ろう」

「う、うん」

夜見坂君《よみさかくん》が、緊張《きんちょう》した様子《ようす》でうなずいた。

こんなにふうに、緊張《きんちょう》した姿《すがた》を見《み》るのは、初《はじ》めてな気《き》がする。

いつもは、怪異《かいい》のことでわたしが緊張《きんちょう》させられているけど、今日《きょう》は夜見坂君《よみさかくん》が緊張《きんちょう》する日《ひ》みたいだ。

「いらっしゃいませー。空《あ》いてるお席《せき》にどうぞ」

お店《みせ》に入《はい》ると、店員《てんいん》さんから声《こえ》がかかる。

「あっち空《あ》いてるよ」

わたしと夜見坂君《よみさかくん》は、空《あ》いている席《せき》にすわる。

席《せき》にすわると、夜見坂君《よみさかくん》がお寿司《すし》がまわるレーンのほうを見《み》て、目《め》を丸《まる》くしている。

「**本当《ほんとう》にお寿司《すし》がまわっている……**」

「回転寿司《かいてんずし》だからね。まわっているのをとってもいいし、そこのタブレット端末《たんまつ》で注文《ちゅうもん》しても、大丈夫《だいじょうぶ》だよ」

「これは、操作《そうさ》したことはあるけど……」

夜見坂君《よみさかくん》が自信《じしん》なげなので、わたしはタブレットでの注文《ちゅうもん》のしかたを教《おし》える。

といっても、案内《あんない》にそってタッチしていって、頼《たの》みたいお寿司《すし》を選《えら》べばいいだけなんだけど。

わたしと夜見坂君《よみさかくん》がそれぞれに注文《ちゅうもん》すると、しばらくして注文《ちゅうもん》したお寿司《すし》のお皿《さら》が、わたしたちのすわる席《せき》の横《よこ》のレーンに流《なが》れてきて、止《と》まる。

「ほら、とって夜見坂君《よみさかくん》」

「うん……」

夜見坂君《よみさかくん》はおそるおそるといった様子《ようす》で、いくらのお寿司《すし》のお皿《さら》を取《と》る。

わたしも、サーモンのお寿司《すし》のお皿《さら》をとる。

「むずかしくないでしょ？」

「やり方《かた》はわかったけど、緊張《きんちょう》するね」

「すぐになれるよ」

そのまま何皿《なんさら》か頼《たの》む。

流《なが》れてきたお寿司《すし》ののったお皿《さら》を前《まえ》に、夜見坂君《よみさかくん》がやけに深刻《しんこく》な顔《かお》をしている。

どうしたんだろう？　あっ！

その様子《ようす》を見《み》ていて、わたしはふと気《き》づく。

「夜見坂君《よみさかくん》、もしかして**わさびが苦手《にがて》？**」

さっきから頼《たの》んでいるのは、わさびが最初《さいしょ》から入《はい》っていない軍艦巻《ぐんかんま》きとかだけだ。

でも今目《いまめ》の前《まえ》にあるのは、サーモンのお寿司《すし》。わさび抜《ぬ》きを頼《たの》まなければ、わさびが入《はい》っている。

「……鼻《はな》にツーンとするのが、ダメなんだ」

「だったら、わさび抜《ぬ》きを頼《たの》めばいいんじゃ……」

「負《ま》けたような気《き》がするから、嫌《いや》なんだ」

夜見坂君《よみさかくん》は、人《ひと》のときでも妙《みょう》なところで負《ま》けず嫌《ぎら》いだ。

こういうところを見《み》ると、人間《にんげん》のときも妖《よう》狐《こ》のときも、夜見坂君《よみさかくん》なんだなって思《おも》う。

意《い》を決《けっ》したのか、夜見坂君《よみさかくん》がサーモンのお寿司《すし》を口《くち》に頬張《ほおば》る。

「んんっ……」

夜見坂君《よみさかくん》が涙目《なみだめ》になって、うめいている。

わたしは、そっと冷《つめ》たいお茶《ちゃ》の入《はい》ったコップを、夜見坂君《よみさかくん》の近《ちか》くにおいてあげる。

夜見坂君《よみさかくん》はコップを手《て》に取《と》ると、ごくごくとお茶《ちゃ》を飲《の》み干《ほ》す。

「次《つぎ》は、わさび抜《ぬ》きにしよう」

「……そうだね」

わたしの提案《ていあん》に、夜見坂君《よみさかくん》がコクリとうなずいた。

どうやら、敗北《はいぼく》を認《みと》めたみたいだ。

……いや。ただ夜見坂君《よみさかくん》が変《へん》な意地《いじ》を張《は》っただけなんだけどね。

それにしても、夜見坂君《よみさかくん》がわさびが苦手《にがて》なのは、妖狐《ようこ》の血《ち》のせいなんだろうか。

狐《きつね》に限《かぎ》らず、鼻《はな》の利《き》く動物《どうぶつ》は、わさびみたいな食《た》べ物《もの》は苦手《にがて》そうだし。

妖狐《ようこ》だから狐《きつね》とはちがうんだけど、そういう特性《とくせい》みたいなのを引《ひ》き継《つ》いでいるのかも。

「ところで、最近《さいきん》はどう？」

夜見坂君《よみさかくん》が、こっそり目元《めもと》をぬぐいながら、質問《しつもん》してくる。

どう？　って、ふんわりとした質問《しつもん》をされても……。

どう答《こた》えるか迷《まよ》っていると、前《まえ》に杏《あんず》が言《い》っていた、怪異《かいい》のウワサを思《おも》い出《だ》した。

アリサのことを優先《ゆうせん》して、その話《はなし》はまだしてなかった気《き》がする。

「杏《あんず》から聞《き》いた話《はなし》なんだけど、**夜《よる》おそくに外《そと》を歩《ある》いていて、急《きゅう》に気《き》を失《うしな》う**っていう事件《じけん》？

キミノベル通信《つうしん》
2024 Vol.042
8月《がつ》の新刊《しんかん》
キミとつながる、エンタメノベル文庫。
ポプラキミノベル
恋《こい》の力《ちから》で、
ストップ温暖化《おんだんか》！
初恋《はつこい》タイムリミット
ドッキリ！キャンプでひんやり大作戦《だいさくせん》！
初恋《はつこい》タイムリミットシリーズ
未来《みらい》の大災害《だいさいがい》をふせぐため、地球温暖化《ちきゅうおんだんか》を止《と》めようとがんばる真帆《まほ》たち。夏休《なつやす》みは、エアコンなしで涼《すず》しくなろう！とキャンプへ。でもその夜《よる》、まさかのドッキリが!?
やまもとふみ／作　那流《なる》／絵

8月《がつ》の新刊《しんかん》

わたしだって、仲間《なかま》だから!!

半妖《はんよう》リサーチ!

②美《うつく》しき、ヴァンパイアあらわる!?

半妖《はんよう》リサーチ! シリーズ

わたし、一ノ瀬夏音《いちのせかのん》はオカルトが超《ちょう》ニガテ。なのに、半妖《はんよう》の夜見坂《よみさか》君《くん》とオカルト調査《ちょうさ》するはめに……。ある日《ひ》、親友《しんゆう》の杏《あんず》が襲《おそ》われた。現場《げんば》に向《む》かうと、謎《なぞ》の美少《びしょう》年《ねん》が!? シリーズ第《だい》2弾《だん》!!

秋木真《あきぎしん》／作　灰色《はいいろ》ルト／絵

イチオシ9月刊《がつかん》

ケモカフェ!

獣人男子《じゅうじんだんし》の花嫁候補《はなよめこうほ》になっちゃった!?

超人気作家《ちょうにんきさっか》
＊あいら＊が贈《おく》る、
新時代《しんじだい》の溺愛《できあい》ラブストーリー!

＊あいら＊／作　しろこ／絵

みたいなことが、最近起《さいきんお》きているんだって」

杏《あんず》もそれがオカルトにかかわりがあるのかどうかは、わからないって感《かん》じではあったけど、不思議《ふしぎ》な事件《じけん》にはちがいないからね。

「えっ……ああ、怪異調査《かいいちょうさ》をしてくれてるんだね」

なぜか、夜見坂君《よみさかくん》はおどろいた顔《かお》を一瞬《いっしゅん》してから、答《こた》える。

もしかして、夜見坂君《よみさかくん》のきいてきたことを、なにかかんちがいしたかな？

でも、話《はなし》を始《はじ》めちゃったし、まあいいか。

「まだ、ウワサぐらいなんだけどね」

「そんなことが起《お》きたら、けっこうな大事件《だいじけん》なんじゃないかな。街中《まちなか》で急《きゅう》に気《き》を失《うしな》っているわけでしょ」

「それがね。本人《ほんにん》の記憶《きおく》があいまいで、貧血《ひんけつ》を起《お》こして倒《たお》れただけと考《かんが》えられているみたい。貧血《ひんけつ》を起《お》こした人《ひと》がたくさんいても、事件《じけん》にはならないでしょ」

「それはそうだね。でも、そんなに貧血《ひんけつ》を起《お》こす人《ひと》が出《で》るものかな」

夜見坂君《よみさかくん》は、首《くび》をかしげる。

「それでオカルト好《ず》きの人《ひと》の間《あいだ》では、怪事件《かいじけん》って言《い》われてるみたい。でも、なにか怪異《かいい》らしきものが目撃《もくげき》されたわけじゃないから、そんなに盛《も》り上《あ》がってるわけでも、ないみたいだけど」

杏《あんず》も、そこまで興味《きょうみ》がある感《かん》じではなかった。

「そうなんだ。貧血《ひんけつ》か……。でも、その話《はなし》を一ノ瀬《いちのせ》さんがするってことは、気《き》になってるんでしょ」

「杏《あんず》から聞《き》いたときは、気《き》にとめなかったんだけどね。よく考《かんが》えたら、夏《なつ》が近《ちか》くなって気《き》温《おん》が高《たか》いと、具合《ぐあい》が悪《わる》くなることもあるとは思《おも》うけど、夜《よる》だと涼《すず》しいでしょ。そんなに倒《たお》れるかなって。まあ、杏《あんず》の話《はなし》はウワサでしかないから、実際《じっさい》にどれぐらいの人《ひと》が倒《たお》れているのかは、わからないんだけど」

1人《ひとり》とか2人《ふたり》の話《はなし》が、大《おお》きく伝《つた》わっているだけなら、ただの貧血《ひんけつ》とか具合《ぐあい》が悪《わる》かったという話《はなし》なのかもしれない。

でも、そうじゃなかったら？

「わかった。ぼくのほうで調《しら》べてみるよ」

「あくまでウワサだから、信憑性《しんぴょうせい》がなくて申《もう》し訳《わけ》ないんだけど」

「そんなことないよ。そういう話《はなし》を知《し》ることも、ぼくだとむずかしいからね」

夜見坂君《よみさかくん》は、まだ親《した》しい友達《ともだち》がいるわけじゃない。

そういうウワサ話《ばなし》も、なかなか聞《き》く機会《きかい》はなさそうだ。

とくにオカルトに関《かか》わるとなると、ふつうのウワサとはちがうから、だれからでも聞《き》けるわけでもないだろうし。

「じゃあ、そろそろ行《い》こうか。おなかいっぱいだ」

そう言《い》って夜見坂君《よみさかくん》が、タブレット端末《たんまつ》でお会計《かいけい》をすませようとする。

最初《さいしょ》は恐《おそ》る恐《おそ》るだったのに、すっかり使《つか》いこなしている。

……って。

「わたしの分《ぶん》は、自分《じぶん》で出《だ》すよ」

わたしは、あわてて言《い》った。

付《つ》きそいで来《き》たけど、おごってもらうわけにはいかない。

「今日《きょう》は付《つ》き合《あ》ってもらったんだから、おごらせて。といっても、このお金《かね》も佐々木《ささき》さんからもらったものだから、えらそうには言《い》えないけど。それにここのところ、リサーチャーとして助《たす》けてもらっているから、そのお礼《れい》も」

「……そういうことなら。ありがとう、夜見坂君《よみさかくん》」

これで断《ことわ》るのも、夜見坂君《よみさかくん》の気持《きも》ちを無視《むし》することになりそうで悪《わる》い。

このお返《かえ》しは、リサーチャーの仕事《しごと》できっちりと返《かえ》そう！

会計《かいけい》をすませて、回転寿司店《かいてんずしてん》を出《で》る。

「このあと用事《ようじ》があって、ここで解散《かいさん》でいいかな？」

夜見坂君《よみさかくん》が、お店《みせ》を出《で》て少《すこ》し歩《ある》いたところで言《い》う。

「うん、いいよ」

「今日《きょう》はありがとう。おかげで、また1つ**人間社会《にんげんしゃかい》を学《まな》べたよ**」

「どういたしまして」

わたしと夜見坂君《よみさかくん》は、その場《ば》で別《わか》れる。

夜見坂君《よみさかくん》が人混《ひとご》みにまぎれて見《み》えなくなるまで見送《みおく》って、わたしは駅《えき》に向《む》かう。

家《いえ》までの帰《かえ》り道《みち》、足《あし》どりは自然《しぜん》と軽《かる》かった。

連続《れんぞく》事件《じけん》のナゾを追《お》え！


夜見坂君《よみさかくん》と回転寿司《かいてんずし》を食《た》べに行《い》ってから、5日後《かご》。

あれから夜見坂君《よみさかくん》は、夜《よる》に調査《ちょうさ》を行《おこな》っているらしい。

でも、不審《ふしん》な怪異《かいい》や、倒《たお》れた人《ひと》などは見《み》つかっていないみたい。

わたしも調査《ちょうさ》に付《つ》き合《あ》うって言《い》ったんだけど、「まだ怪異《かいい》と決《き》まったわけじゃないから」とやんわり断《ことわ》られてしまった。

たしかに、わたしは毎日《まいにち》のように夜《よる》に自由《じゆう》に動《うご》けるわけじゃない。

両親《りょうしん》の目《め》もあるし。

本当《ほんとう》に必要《ひつよう》になったときに、出《で》かけられなくなるほうがこまるかも、と思《おも》い直《なお》した。

かわりに、今《いま》の自分《じぶん》でもできること。

杏《あんず》にもう一度《いちど》、話《はなし》を聞《き》くことにした。

なにか、新《あたら》しい情報《じょうほう》を手《て》に入《い》れているかもしれないし。

本当《ほんとう》は、わたしが自分《じぶん》でネットのオカルト掲示板《けいじばん》とかを調《しら》べればいいんだけど、なかなかできないんだよね。洗濯《せんたく》ばさみを顔《かお》につけて、あてもなくオカルト掲示板《けいじばん》を探《さが》し続《つづ》けなきゃいけないから。

「杏《あんず》、この前《まえ》に聞《き》いたオカルトのウワサ話《ばなし》なんだけど」

「この前《まえ》？　なんか話《はな》したっけ。音楽室《おんがくしつ》のやつ？　あれも最近《さいきん》、新《あたら》しいウワサは聞《き》かなくなったよ」

音楽室《おんがくしつ》のアリサのことが、解決《かいけつ》しているなんて、杏《あんず》がもちろん知《し》っているわけがない。

だけど、ウワサがなくなったということは、あのあとアリサがこっそり悪《わる》さをしている、ということもないみたいでほっとする。

学校《がっこう》にきているときは、1回《かい》は話《はな》しに行《い》くんだけどね。

昨日《きのう》アリサのところに行《い》ったときには、この前《まえ》の夜見坂君《よみさかくん》と回転寿司《かいてんずし》を食《た》べに行《い》ったときのことを、細《こま》かくきかれて困《こま》っちゃったけど。

アリサは、やたら青《あお》い目《め》をキラキラとさせてたし。

なんか、変《へん》な誤解《ごかい》をされてそうな気《き》も……。

……って、今《いま》は杏《あんず》から話《はなし》を聞《き》かなくちゃ。

「それじゃなくて、街中《まちなか》で夜《よる》おそくに人《ひと》が倒《たお》れるっていうほう」

「そっちか！　じつは、わたしも気《き》になってきたんだよね」

「どういうこと？」

「ここ数日《すうじつ》で、倒《たお》れたっていう人《ひと》が3、4人《にん》出《で》てきてるの」

「本当《ほんとう》なの？」

あれから、被害者《ひがいしゃ》が増《ふ》えてるっていうことだろうか。

「倒《たお》れた人《ひと》を見《み》つけて、救急車《きゅうきゅうしゃ》をよんだり、目撃《もくげき》した人《ひと》が出《で》てきてね。目撃《もくげき》した場所《ばしょ》がちがうから、倒《たお》れた人《ひと》は3人《にん》か4人《にん》じゃないかって話《はなし》に、ネットのオカルト掲示板《けいじばん》ではなってるよ」

「オカルトが原因《げんいん》って、言《い》えるような話《はなし》はあるの？」

聞《き》く限《かぎ》りだと、オカルトっぽい要素《ようそ》はあんまりないよね。

「とくにないよ。ただ、原因《げんいん》がわからないみたいなんだよね。みんな貧血《ひんけつ》っぽい症状《しょうじょう》で、急《きゅう》にふらりと倒《たお》れてる。倒《たお》れたときのことは、覚《おぼ》えていない。これだけ聞《き》いたら、オカルトでしょ？」

「原因《げんいん》がわからないから、か。ここ最近《さいきん》なら、夜《よる》がとくに暑《あつ》かったわけでもないよね。気《き》を失《うしな》うような危険《きけん》なものがあったりしたら、警察《けいさつ》が動《うご》いているだろうし」

「人《ひと》が倒《たお》れていた場所《ばしょ》を、警察《けいさつ》が調《しら》べていたっていう目撃情報《もくげきじょうほう》もあるから、事件性《じけんせい》があるならニュースとかになってると思《おも》うよ」

「だよね」

怪異《かいい》が原因《げんいん》なら、警察《けいさつ》が手《て》がかりをつかめるとは思《おも》えない。

ワイピーが警察《けいさつ》にどの程度《ていど》、関《かか》わりがあるのかわからないけど、今《いま》までのことを見《み》ていると、影響力《えいきょうりょく》はありそうなんだよね。

だけど、事情《じじょう》がわからないうちから、関《かか》わってくることはなさそう。

そういうことを調《しら》べるために、リサーチャーのわたしたちがいるんだし。

ワイピーが警察《けいさつ》にも影響力《えいきょうりょく》があるんじゃないかっていうのは、わたしの想像《そうぞう》でしかないんだけどね。

でも、たぶん当《あ》たってる。

その証明《しょうめい》は夜見坂君《よみさかくん》だ。

夜見坂君《よみさかくん》は、人間《にんげん》のお母《かあ》さんと妖狐《ようこ》のお父《とう》さんの間《あいだ》に生《う》まれた人間《にんげん》と怪異《かいい》のダブル。

妖狐《ようこ》に戸籍《こせき》があるとは思《おも》えないし、妖狐《ようこ》の里《さと》で育《そだ》った夜見坂君《よみさかくん》にも、同《おな》じように戸籍《こせき》があるとは思《おも》えない。

つまり、妖狐《ようこ》の里《さと》にいたときの夜見坂君《よみさかくん》は、戸籍《こせき》がなかったと思《おも》うんだよね。

戸籍《こせき》がないと、日本社会《にほんしゃかい》の上《うえ》ではいない人《ひと》と同《おな》じだ。

戸籍《こせき》がない人《ひと》は、学校《がっこう》にも通《かよ》えないし、結婚《けっこん》もできないし、働《はたら》くこともできない。

人《ひと》の社会《しゃかい》で生《い》きるためには、必要不可欠《ひつようふかけつ》なものなんだよね。

そんな戸籍《こせき》を、夜見坂君《よみさかくん》が妖狐《ようこ》の里《さと》で暮《く》らしていたときには持《も》っていなかったとするなら、今《いま》の状況《じょうきょう》はちょっとおかしい。

だって、夜見坂君《よみさかくん》はなんの問題《もんだい》もなく、学校《がっこう》に通《かよ》えているから。

戸籍《こせき》がなかったら通《かよ》えないはず。だから、こう考《かんが》えたんだよね。

夜見坂君《よみさかくん》の戸籍《こせき》を、ワイピーが用意《ようい》したんじゃないかって。

そんなことができるのは、ワイピーが日本《にほん》の社会《しゃかい》の偉《えら》い人《ひと》とつながりがあるからなんじゃないか、と考《かんが》えた。

あくまで仮説《かせつ》でしかないんだけどね。きくのもこわいし。

そんなわけで、ワイピーなら警察《けいさつ》にも影響力《えいきょうりょく》があるのかなと思《おも》ったけど、簡単《かんたん》にふるえる力《ちから》でもないのかも。

どっちにしても、わたしにはワイピーの思惑《おもわく》とか、えらい人《ひと》とつながっているかもというのは、どうでもいい。

わたしは、ワイピーに雇《やと》われたつもりはなくて、夜見坂君《よみさかくん》の協力者《きょうりょくしゃ》になったんだから。

「夏音《かのん》？　かのんさ〜ん」

わたしの目《め》の前《まえ》で、杏《あんず》が手《て》をパタパタとさせている。

「えっ、あっ、なに杏《あんず》？」

「なに杏《あんず》じゃないよ。急《きゅう》にむずかしい顔《かお》して考《かんが》えこむからさ。なにか思《おも》いついた？」

「ううん。べつのことを考《かんが》えちゃってた。ごめん」

「いいけど。そんなわけで今《いま》のところ、それ以上《いじょう》の情報《じょうほう》はないなぁ。……あっ、でもうすぐ新《あたら》しい情報《じょうほう》が手《て》に入《はい》るかも」

杏《あんず》が、意味《いみ》ありげな笑《え》みをうかべる。

「なにか、手《て》がかりでもあるの？」

「そんな感《かん》じ」

杏《あんず》は楽《たの》しそうだ。

なんだろう？　オカルト掲示板《けいじばん》に、新《あたら》しい情報《じょうほう》でも見《み》つけたんだろうか。

わたしは気《き》になりつつも、それ以上《いじょう》はきかなかった。

12 人間《にんげん》って面倒《めんどう》くさい？

「人間《にんげん》って、**面倒《めんどう》くさい**のね」

わたしは、放課後《ほうかご》の理科室《りかしつ》にこっそりとやってきて、アリサと話《はなし》をしていた。

アリサはガラスケースから出《で》て、理科室《りかしつ》のテーブルの上《うえ》に、ちょこんとすわっている。

そんなアリサに、夜《よる》に倒《たお》れる人《ひと》について話《はなし》をすると、さっきの言葉《ことば》を言《い》ったんだよね。

「面倒《めんどう》くさいって、なにが？」

「だって、今《いま》の話《はなし》は目撃《もくげき》したとか、遠目《とおめ》から見《み》たとか、そんなのばかりでしょ。実際《じっさい》に倒《たお》れた人《ひと》に話《はなし》を聞《き》けばわかることじゃない」

アリサは、肩《かた》をすくめる。

「それはそうなんだけど、どこのだれかっていうこともわからないし」

「それが面倒《めんどう》くさいのよ。直線《ちょくせん》の道《みち》があるのに、わざわざぐるりとまわり道《みち》しているようなものよ」

その直線《ちょくせん》の方法《ほうほう》をとろうとすると、病院《びょういん》に直接《ちょくせつ》聞《き》きに行《い》くとか、倒《たお》れた人《ひと》の家《いえ》に押《お》しかけるなんてことになる。

警察《けいさつ》でもないかぎりありえないし、相手《あいて》に迷惑《めいわく》がかかることをしないのは当《あ》たり前《まえ》だ。

でも、夜見坂君《よみさかくん》がなじんでいるから忘《わす》れていたけど、怪異《かいい》を人間《にんげん》の常識《じょうしき》に当《あ》てはめるのは、むずかしい。

それは雪女《ゆきおんな》の雪菜《ゆきな》さんや、白蛇《しろへび》の山《やま》の神様《かみさま》のときによくわかった。

人《ひと》の常識《じょうしき》を話《はな》したところで、理解《りかい》してもらえない。

アリサもたぶん、同《おな》じような感覚《かんかく》なんだと思《おも》う。

それでも、人間《にんげん》のそばで生《い》きてきたから、まだ人間《にんげん》に対《たい》しての理解《りかい》がありそうだけどね。

「そういうわけにいかないのは、アリサならわかるでしょ」

「……まあね。人間《にんげん》の命《いのち》は長《なが》くないっていうのに、よくそんなにまわり道《みち》ばかりする気《き》になれるわね」

「長《なが》くないって、怪異《かいい》と比《くら》べたらね」

怪異《かいい》の時間《じかん》の感覚《かんかく》は、長《なが》いみたいだし。

１００年単位《ねんたんい》を簡単《かんたん》に語《かた》れる怪異《かいい》からしたら、人間《にんげん》の平均寿命《へいきんじゅみょう》の80年《ねん》という時間《じかん》はあまりに短《みじか》いにちがいない。

「気《き》になるのは、全員《ぜんいん》**記憶《きおく》がない**ってところかしらね」

「やっぱり？」

わたしもそれは思《おも》っていた。

この話《はなし》をオカルトっぽくしていて、原因《げんいん》がはっきりしない理由《りゆう》は、倒《たお》れていた人《ひと》の記憶《きおく》がないとされているせいだ。

「具合《ぐあい》が悪《わる》くて倒《たお》れたのなら、記憶《きおく》があいまいになっても変《へん》じゃないわ。だけど、そんな人《ひと》が何人《なんにん》もあらわれたなんて、どう考《かんが》えてもふつうではないでしょ」

「じゃあ、怪異《かいい》が原因《げんいん》だと思《おも》う？」

「それを調《しら》べるのが、**夏音《かのん》たちの仕事《しごと》**なんでしょ」

「そうなんだけどね」

はっきりとは言《い》わなかったけれど、アリサは怪異《かいい》の仕業《しわざ》をうたがっているみたいだ。

アリサは頭《あたま》の回転《かいてん》が速《はや》いし、怪異《かいい》についても話《はな》せるから頼《たよ》りになる。

「ありがとね、アリサ」

「……べつに。なにかわかったら、また教《おし》えなさいよ」

ふんっ、とアリサは横《よこ》を向《む》く。

素直《すなお》じゃないところもアリサらしい。
最近《さいきん》、アリサの性格《せいかく》もわかってきた。
意外《いがい》と好奇心《こうきしん》が強《つよ》くて、わたしの話《はなし》も真剣《しんけん》に聞《き》いて意見《いけん》を返《かえ》してくれる。
面倒見《めんどうみ》のよさもあるんだよね。
「また来《く》るね」
わたしは理科室《りかしつ》を出《で》る。
夜見坂君《よみさかくん》も調査《ちょうさ》しているっていうし、なにか手《て》がかりがつかめるといいんだけど。
わたしは胸《むね》に、ぬぐいきれない不安《ふあん》をかかえながら、家《いえ》に帰《かえ》った。

13 おさえられない衝動《しょうどう》

次《つぎ》の日《ひ》の学校《がっこう》。

考《かんが》えごとをしていてなかなか眠《ねむ》れなかったせいで寝坊《ねぼう》して、ホームルームが始《はじ》まるギリギリに教室《きょうしつ》に飛《と》びこむ。

「あれ……？」

自分《じぶん》の席《せき》に向《む》かいながら、教室《きょうしつ》を見《み》まわしたけど杏《あんず》の姿《すがた》がない。

わたしと同《おな》じで、寝坊《ねぼう》でもしたのかな。それとも風邪《かぜ》とか？

そんなふうに思《おも》って、席《せき》につく。

そのまま席《せき》にすわって待《ま》っていたけれど、ホームルームの時間《じかん》なのに、担任《たんにん》のタカちゃんが来《こ》ない。

「タカちゃんどうしたのかな」

「病気《びょうき》とか？」

「朝、見《み》かけたよ」

「なにかあったのかな」

教室《きょうしつ》も、ざわついている。

いつもなら気《き》にはなっても、わざわざ確認《かくにん》しようなんて思《おも》わない。

だけど、そのときは胸《むね》がざわついて、じっとしていられなかった。

わたしは席《せき》を立《た》って、教室《きょうしつ》を出《で》る。

ろう下《か》を見《み》ると、階段《かいだん》のあたりでタカちゃんが、となりのクラスの先生《せんせい》と話《はな》しているのが見《み》えた。

そっと近《ちか》づくと、先生《せんせい》の話《はなし》の内容《ないよう》が聞《き》こえる。

「それで、**星川《ほしかわ》さんが入院《にゅういん》**しているんですね」

えっ……。

「今《いま》、お母《かあ》さんから連絡《れんらく》がありました。○×病院《びょういん》だそうです。くわしいことはわからないのですが、夜《よる》に外《そと》を歩《ある》いていて、気《き》を失《うしな》う事件《じけん》がほかにも起《お》きているんだとか」

それって、あの調《しら》べていた……。

「事件《じけん》にまきこまれた、ということですか」

「ちがうようです。症状《しょうじょう》としては貧血《ひんけつ》みたいですね」

となりのクラスの先生《せんせい》が、答《こた》える。

「では、夜《よる》に出歩《である》いていて貧血《ひんけつ》で倒《たお》れた、と」

「おそらく。ただ、警察《けいさつ》も動《うご》いてるらしいんですよね。こちらとしては、星川《ほしかわ》さんの細《こま》かい事情《じじょう》はふせて、夜《よる》に出歩《である》かないように言《い》うぐらいしかないと思《おも》います」

「わかりました。児童《じどう》にはそう伝《つた》えます」

タカちゃんが言《い》って、となりのクラスの先生《せんせい》と階段《かいだん》から、こちらにふり返《かえ》ろうとしてる。

すぐにもどらなくちゃ。

そう思《おも》う気持《きも》ちもわずかにあったけど、なにより今《いま》の話《はなし》が、わたしの頭《あたま》の中《なか》をうめていた。

杏《あんず》が……**倒《たお》れた**。

夜《よる》に出歩《である》いて？

杏《あんず》なら、たしかにあり得《う》る。

肝試《きもだめ》しとか、オカルトを調《しら》べに行《い》くとか。

わたしだって、付《つ》き合《あ》ったことが何度《なんど》もある。

だけど今回《こんかい》のは……！

わたしは走《はし》り出《だ》す。
タカちゃんたち先生《せんせい》のとなりを、かけぬける。
「一ノ瀬《いちのせ》さん!?　待《ま》って！」
後《うし》ろからタカちゃんの声《こえ》が聞《き》こえるけれど、かまわずに階段《かいだん》をかけおりる。
昇降口《しょうこうぐち》でくつにはきかえて、そのまま学校《がっこう》の外《そと》に出《で》た。
無事《ぶじ》でいて、お願《ねが》い。
わたしは祈《いの》りながら、○×病院《びょういん》に向《む》けて走《はし》った。

14 杏《あんず》、無事《ぶじ》でいて！

息《いき》を切《き》らして、○×病院前《びょういんまえ》に到着《とうちゃく》する。

大《おお》きな総合病院《そうごうびょういん》で、もう開《あ》いている時間《じかん》だったので、正面《しょうめん》の入口《いりぐち》から入《はい》る。

でも、1階《かい》の受付《うけつけ》あたりまできたところで、足《あし》が止《と》まった。

診察《しんさつ》を待《ま》つ患者《かんじゃ》さんがたくさんいて、どこに杏《あんず》がいるのかわからない。

入院病棟《にゅういんびょうとう》のはずだけど、考《かんが》えてみれば面会《めんかい》の時間《じかん》だって決《き》まっているはずだ。

考《かんが》えなしに出《で》てきてしまったかも……。

わたしは走《はし》ってきたことで、頭《あたま》が少《すこ》しは冷《ひ》えていた。

それでも、杏《あんず》に会《あ》わないことには安心《あんしん》できない。

どうにかして、杏《あんず》の病室《びょうしつ》を見《み》つけなきゃ。

病院《びょういん》の人《ひと》にきけばいいんだろうけど、平日《へいじつ》の昼間《ひるま》だし学校《がっこう》を抜《ぬ》け出《だ》してきたことがバレそうだよね。

今《いま》だって、うろうろしているだけで、人《ひと》の目《め》が気《き》になるし。

そもそも、友達《ともだち》だからと言《い》って病院《びょういん》の人《ひと》が教《おし》えてくれるのかも、わからない。

そこまで考《かんが》えて、急《きゅう》に心細《こころぼそ》くなる。

いきおいで、ここまで来《き》ちゃったけれど、失敗《しっぱい》だったのかな。

そう落《お》ちこんでいると、

「あれ？　夏音《かのん》ちゃんじゃない。学校《がっこう》は？」

声《こえ》が聞《き》こえて、ふり返《かえ》る。

「杏《あんず》の……」

何度《なんど》も会《あ》ったことがある、**杏《あんず》のお母《かあ》さん**だった。

「あの……杏《あんず》が入院《にゅういん》したって！」

わたしは、杏《あんず》のお母《かあ》さんのところへ行《い》く。

「心配《しんぱい》して来《き》てくれたの？　今《いま》なら面会《めんかい》できるから病室《びょうしつ》くる？」

「はい」

わたしは、大《おお》きくうなずく。

杏《あんず》のお母《かあ》さんに案内《あんない》してもらい、病院《びょういん》の奥《おく》に向《む》かう。

奥《おく》に入《はい》るほど、病院《びょういん》の中《なか》は静《しず》かになっていく。

ときおり、あわただしい様子《ようす》の看護師《かんごし》さんと、ろう下《か》ですれちがう。

そんな様子《ようす》を見《み》ると、ますます不安《ふあん》になった。

「ここよ」

杏《あんず》のお母《かあ》さんがそう言《い》って、病室《びょうしつ》のドアを開《あ》ける。

わたしは、不安《ふあん》に押《お》しつぶされそうな気持《きも》ちで、おそるおそる病室《びょうしつ》の中《なか》に入《はい》る。

病室《びょうしつ》は個室《こしつ》で、ベッドは1つしかなかった。

そのベッドの上《うえ》で、杏《あんず》は……むしゃむしゃとリンゴを食《た》べていた。

……はっ？

「あれ？　夏音《かのん》。なんでいるの？」

リンゴをさしたフォークを片手《かたて》に、杏《あんず》が首《くび》をかしげている。

少《すこ》し顔色《かおいろ》は悪《わる》い気《き》はするけれど、いつもと変《か》わらない様子《ようす》の杏《あんず》だ。

きゅっと、くちびるをかむ。

「よかったぁ！」

わたしは杏《あんず》の元気《げんき》な姿《すがた》を見《み》て、思《おも》わずベッドに向《む》けてくずおれる。

「ちょ、ちょっと夏音《かのん》。大丈夫《だいじょうぶ》？」

「それはこっちのセリフ！　気《き》を失《うしな》って入院《にゅういん》したって、先生《せんせい》たちが話《はな》しているのを聞《き》いて、あわてて来《き》たの」

「ああ……なんかね。大事《おおごと》になっちゃってさ」

杏《あんず》は、苦笑《にがわら》いをする。

「なにが、あったの？」

「じつは、気《き》を失《うしな》って発見《はっけん》されるっていうウワサを調《しら》べるために、ちょっと昨日《きのう》の夜中《よなか》に散歩《さんぽ》してみたんだよね」

そんな気《き》はしていたけど、やっぱりそうだったんだ。

杏《あんず》のお母《かあ》さんが、ジロリと杏《あんず》をにらんでいたけれど、話《はなし》を邪魔《じゃま》しないようにか、なにも言《い》わなかった。

杏《あんず》はお母《かあ》さんの視線《しせん》に、ぶるりと体《からだ》をふるわせて、説明《せつめい》を続《つづ》ける。

「外《そと》に出《で》たのはいいものの、どこっていう目的地《もくてきち》があるわけでもなかったから、とりあえずぶらぶらと歩《ある》いてみることにしたの。……ただ、そこからの記憶《きおく》があいまいなんだよね。たぶん、なにかが目《め》の前《まえ》にあらわれて、気《き》が遠《とお》くなった気《き》はするんだけど……」

「覚《おぼ》えてないの？」

「そう。ウワサの通《とお》り。気《き》づいたら、ここにいたの。**せっかくオカルトを体験《たいけん》できたのに、**覚《おぼ》えてないなんて、一生《いっしょう》の不覚《ふかく》だよ」

杏《あんず》はくやしそうにしてる。

「無事《ぶじ》だったのを、喜《よろこ》ぶところでしょ」

「そうなんだけどね。あれって、怪異《かいい》だったのかなぁ。だとしたら、もっとちゃんと見《み》たかったよぉ」

杏《あんず》はそう言《い》って、くちびるをとがらす。

だけど、わたしは冷静《れいせい》ではいられなかった。

「だとしたら、**わたしがそんな怪異《かいい》をゆるさないよ**」

思《おも》った以上《いじょう》に強《つよ》い口調《くちょう》になって、杏《あんず》にびっくりされる。

「どうしたの、夏音《かのん》」

「なんでもないよ。本当《ほんとう》に無事《ぶじ》でよかった」

怪異《かいい》が本当《ほんとう》にいるって、知《し》っているから。

もし、怪異《かいい》が杏《あんず》をこんな目《め》にあわせたのだとしたら、それはほうっておけない。

どこかでまだわたしは、オカルトのウワサを、現実《げんじつ》のものとして考《かん》えられていなかったんだと思《おも》う。

でも、怪異《かいい》が実在《じつざい》すること、そして人間《にんげん》に危害《きがい》を加《くわ》える可能性《かのうせい》があることを知《し》っていたのに、危機感《ききかん》が足《た》りなかった。

「ねえ、なんだか変《へん》だよ。どうしちゃったの」

病人《びょうにん》の杏《あんず》のほうが、わたしを心配《しんぱい》してくる。

そんな余裕《よゆう》があることに、ほっとはするものの、自分《じぶん》のいたらなさへの怒《いか》りは、おさまらなかった。

わたしは、杏《あんず》のほうを見《み》て、ふとその首筋《くびすじ》に2つの小《ちい》さな赤《あか》い点《てん》を見《み》つける。

なんだろう？

「首筋《くびすじ》に、**蚊《か》に刺《さ》されたみたいなあと**があるよ」

わたしは、杏《あんず》の首元《くびもと》を指《ゆび》さす。

「え？　記憶《きおく》にないけど、昨日《きのう》の夜《よる》に虫《むし》に刺《さ》されたのかな。かゆくもないから、平気《へいき》だけど」

杏《あんず》にも覚《おぼ》えがないみたいだ。

たしかに、虫《むし》に刺《さ》されたあとのようにも見《み》えるけど……。

そう見《み》えたから、病院《びょういん》でもとくに気《き》にしなかったのかもしれない。

「夏音《かのん》ちゃん。そろそろ学校《がっこう》にもどったほうがいいわ。学校《がっこう》には連絡《れんらく》しておいたから」

後《うし》ろで見守《みまも》ってくれていた、杏《あんず》のお母《かあ》さんに言《い》われる。

さすがに、学校《がっこう》を抜《ぬ》け出《だ》したまま、この場《ば》に長《なが》くいるわけにもいかないか。

「わかりました。もどります」

わたしはベッドわきのイスから、立《た》ち上《あ》がる。

「ねえ、夏音《かのん》」

「ん？」

杏《あんず》に声《こえ》をかけられて、わたしはふり返《かえ》る。

「もしかして、**1人《ひとり》で調《しら》べに行《い》こう**なんて、思《おも》ってないよね？」

めずらしく杏《あんず》に、心配《しんぱい》そうにきかれる。

「するわけないでしょ。杏《あんず》じゃないんだから。わたしはなるべく、オカルトにかかわりたくないの」

わたしは、杏《あんず》に笑《わら》って答《こた》える。

「じゃあ、またお見舞《みま》いにくるね」

そう言《い》って、病室《びょうしつ》をあとにする。

杏《あんず》のお母《かあ》さんに、学校《がっこう》まで送《おく》ろうかと言《い》われたけれど、今《いま》は杏子《あんず》についていてもらいたいから、1人《ひとり》でもどれると言《い》って断《ことわ》った。

わたしは病院《びょういん》を出《で》ると、学校《がっこう》への道《みち》を歩《ある》く。

ごめん、杏《あんず》。ウソついた。

わたしは、やっぱり許《ゆる》せないよ。

杏《あんず》をおそったのが怪異《かいい》だとしたら、わたしも調査《ちょうさ》して犯人《はんにん》を見《み》つけ出《だ》す。

もっと早《はや》く、そうしていればよかった。

そうしたら、杏《あんず》もおそわれたりしなくて、すんだかもしれないのに。

今回《こんかい》は大《おお》きなケガがなかった。でも、そんなの運《うん》がよかっただけ。

もっと、大事《おおごと》になっていた可能性《かのうせい》だってあった。

ギュッと、拳《こぶし》をにぎる。

わたしは、次《つぎ》にやることを心《こころ》に決《き》めていた。

15 わたしだってリサーチャー

学校《がっこう》にもどってから、わたしはタカちゃんにこってりとしかられて、心配《しんぱい》されてから教《きょう》室《しつ》にもどった。

クラスメイトにも心配《しんぱい》されたけど、杏《あんず》のことを勝手《かって》に話《はな》すわけにもいかない。

あいまいに、答《こた》えるしかできなかった。

そうして放課後《ほうかご》になって、わたしは夜見坂君《よみさかくん》の家《いえ》に向《む》かった。

決《き》めたことを、夜見坂君《よみさかくん》に伝《つた》えるために。

「反対《はんたい》だよ」

いつもの和室《わしつ》で、わたしの話《はなし》を聞《き》いたあと、夜見坂君《よみさかくん》が言《い》った。

「どうして？　わたしだってリサーチャーだよ。夜《よる》の街《まち》の調査《ちょうさ》に行《い》かせて」

杏《あんず》や、ほかの人《ひと》たちが気《き》を失《うしな》った理由《りゆう》を探《さぐ》るには、事件《じけん》が起《お》きている夜《よる》に街中《まちなか》を調査《ちょうさ》するしかない。

でも、夜見坂君《よみさかくん》は首《くび》を横《よこ》にふる。

「まず、一ノ瀬《いちのせ》さんは冷静《れいせい》さを欠《か》いている。星川《ほしかわ》さんの件《けん》をふくめて、今回《こんかい》の事件《じけん》を怪異《かいい》が起《お》こしているのなら、危険《きけん》が大《おお》きすぎる。それと今日《きょう》は、**ぼくが一緒《いっしょ》に行《い》けないんだ。**ワイピーから……Y&P《ワイアンドピー》 Corp.《コーポレーション》から呼《よ》び出《だ》しがあって、それに行《い》ってこなくちゃいけない」

「**だったら、わっちが夏音《かのん》についていけば問《もん》題《だい》ないでしょう**」

雪女《ゆきおんな》の**雪菜《ゆきな》さん**が言《い》いながら、和室《わしつ》に入《はい》ってくる。

前《まえ》に夜見坂君《よみさかくん》にちらっと聞《き》いたけど、雪菜《ゆきな》さんは夜見坂君《よみさかくん》の家《いえ》に、よくいるらしい。

住《す》んでいるわけではないらしいんだけど、ここだとバレにくくて居心地《いごこち》がいいんだって。

「君《きみ》はリサーチャーじゃない。関係《かんけい》ないだろう」

夜見坂君《よみさかくん》が、雪菜《ゆきな》さんをにらむ。

「夏音《かのん》の友人《ゆうじん》として手助《てだす》けするなら、問題《もんだい》ないでありんす」

雪菜《ゆきな》さんは、すずしい顔《かお》だ。

「だとしても……」

夜見坂君《よみさかくん》が苦《にが》い顔《かお》をする。

心配《しんぱい》してくれているのは、わかる。

でも、早《はや》く動《うご》かないと、もっと被害《ひがい》が広《ひろ》がってしまうかもしれない。

まだ、なんの手《て》がかりもつかんでいないんだから。

「こんなに被害《ひがい》が出《で》ているんだから、早《はや》く原因《げんいん》を突《つ》き止《と》めるべきでしょ。行《い》かせて」

わたしは真《ま》っすぐに、夜見坂君《よみさかくん》を見《み》つめる。

しばらく、わたしと夜見坂君《よみさかくん》は見《み》つめあっていたけど、夜見坂君《よみさかくん》がふいっと視線《しせん》をそらした。

「絶対《ぜったい》に無茶《むちゃ》はしない。危険《きけん》だと感《かん》じたらすぐに逃《に》げること。いいね？」

夜見坂君《よみさかくん》が言《い》う。

「わかってるよ。わたしは戦《たたか》えないし、無茶《むちゃ》はしない。それに今《いま》まで夜見坂君《よみさかくん》が調《しら》べても、わからなかったんでしょ。1日調《にちしら》べただけで、わかるとは思《おも》ってないから」

わたしが1日調《にちしら》べただけで、なにも変《か》わらないのかもしれない。

それがわかっていても、杏《あんず》がおそわれた今《いま》、待《ま》っているだけなんてできない。

――**冷静《れいせい》さを欠《か》いている。**

夜見坂君《よみさかくん》の、言《い》う通《とお》りかもしれない。

だけど、このまま人任《ひとまか》せにしておくには、わたしは事情《じじょう》を知《し》りすぎてる。

怪異《かいい》がいることも知《し》っているし、今回《こんかい》のことが怪異《かいい》のやった可能性《かのうせい》が高《たか》いこともわかっている。

そんな状態《じょうたい》で、じっとなんてしていられない。

それでも、夜《よる》までには頭《あたま》を冷《ひ》やしておこう。

そうしないと、怪異《かいい》の手《て》がかりも見《み》つけられないからね。

16 美《うつく》しき少年《しょうねん》、あらわる⁉

夜《よる》の9時過《じす》ぎ。

いつもみたいに、夜見坂君《よみさかくん》は2階《かい》のわたしの部屋《へや》の窓《まど》にむかえには来《こ》られない。

わたしは、早《はや》めに寝《ね》るとお母《かあ》さんに言《い》って自分《じぶん》の部屋《へや》に引《ひ》き上《あ》げて、お母《かあ》さんがテレビに夢中《むちゅう》になっている隙《すき》に玄関《げんかん》から家《いえ》を出《で》た。

お父《とう》さんは仕事《しごと》で帰《かえ》りが遅《おそ》いから、そちらの心配《しんぱい》はいらなかった。

ほっと息《いき》をついて歩《ある》いていると、雪菜《ゆきな》さんが立《た》っていた。

夜《よる》の道路《どうろ》に、ふらりと立《た》つ雪菜《ゆきな》さんは、怪談《かいだん》の雪女《ゆきおんな》そのままに、美《うつく》しさとあやしさをたたえていた。

雪菜《ゆきな》さんはいつもの着物姿《きものすがた》ではなくて、スポーティーな洋服姿《ようふくすがた》に着替《きが》えていた。目立《めだ》たないようにお願《ねが》いしたから、その格好《かっこう》になったらしい。

それでもきれいすぎて、目立《めだ》ってはしまうけど。

それに驚《おどろ》いたことに、雪菜《ゆきな》さんの肩《かた》にはアリサがぴょこんと乗《の》っていた。

「どうして、アリサが？」

わたしは、びっくりする。

今日《きょう》のことは、アリサには話《はな》してない。

「ひどいじゃない。こんな**おも**……大事《だいじ》なことを話《はな》してくれないなんて」

「今《いま》、面白《おもしろ》そうって言《い》おうとしなかった？」

わたしは、ジト目《め》でアリサを見《み》る。

「そ、そんなわけないでしょ。手伝《てつだ》いにきたのよ。雪菜《ゆきな》に話《はなし》は聞《き》いたわ」

「えっ、っていうか、２人《ふたり》は知《し》り合《あ》いなの？」

話《はな》しているところどころか、一緒《いっしょ》にいるのも見《み》たことなかったけど。

「この街中《まちなか》にいる怪異同士《かいいどうし》、夜《よる》の学校《がっこう》の屋上《おくじょう》で話《はなし》をしたりするでありんすよ。アリサは人間《にんげん》について博識《はくしき》で、頼《たよ》りになるんでありんす」

「雪菜《ゆきな》こそ、人間社会《にんげんしゃかい》にとけこんで生活《せいかつ》できるのは、うらやましいわ」

どうやら、この2人《ふたり》は気《き》が合《あ》うらしい。

わたしが、2人《ふたり》と一緒《いっしょ》にいるために、さける時間《じかん》はどうしたって限《かぎ》られる。

わたし以外《いがい》にも、この街《まち》で気《き》を許《ゆる》せる話《はな》し相手《あいて》がいるのは、悪《わる》いことじゃないはずだ。

「アリサだって、学校《がっこう》の外《そと》に出《で》たいよね」

なんだったら、このまま雪菜《ゆきな》さんと一緒《いっしょ》にいても、いいのかもしれない。

アリサには前《まえ》に断《ことわ》られたけど、怪異《かいい》だからといって、学校《がっこう》に閉《と》じ込《こ》めておいていいとは思《おも》っていない。

「夜《よる》の間《あいだ》だけだから大丈夫《だいじょうぶ》よ。ちゃんと、もどるから安心《あんしん》しなさい」

「それでいいの？」

「夏音《かのん》と話《はな》すようになって、不思議《ふしぎ》と学校《がっこう》にいるのも悪《わる》くないって思《おも》うようになったの。『不気味《ぶきみ》』とか言《い》ってくる生意気《なまいき》なのもいるけど、けっこう大切《たいせつ》にあつかわれているし」

「アリサがいいなら、いいんだけど」

「でも、安心《あんしん》したでありんす」

「なんのこと？」

わたしは、首《くび》をかしげる。

「狐《きつね》の家《いえ》で見《み》たときの夏音《かのん》は、**笑《わら》えていなかった**でありんすから」

狐《きつね》の家《いえ》というのは、夜見坂君《よみさかくん》の家《いえ》のことだろう。

あのときよりは、たぶん心《こころ》も冷静《れいせい》さをとりもどせていると思《おも》う。

もちろん、杏《あんず》をおそった相手《あいて》に怒《いか》る気持《きも》ちは、たっぷりあるけどね。

「行《い》きましょう」

わたしが言《い》って、3人《にん》は歩《ある》き出《だ》す。

といっても、アリサは雪菜《ゆきな》さんの肩《かた》の上《うえ》だけど。

勢《いきお》いこんで歩《ある》き出《だ》したものの、とくに当《あ》てがあるわけじゃなかった。

杏《あんず》から、どこでおそわれたのかを、聞《き》きそびれてしまったから、同《おな》じ場所《ばしょ》に行《い》くこともできないし。

どうしたものかな、と考《かんが》えていると、人気《ひとけ》のない通《とお》りに出《で》たところで、不意《ふい》に少《すこ》し前《まえ》を歩《ある》いていた雪菜《ゆきな》さんが立《た》ち止《ど》まった。

「どうしたの？」

「夏音《かのん》、下《さ》がるでありんす」

雪菜《ゆきな》さんの声《こえ》が硬《かた》い。

続《つづ》けて質問《しつもん》しようとして、なにかあったのだと、すぐにわかった。

両腕《りょううで》に今《いま》までにないぐらい、鳥肌《とりはだ》がたっている。

寒気《さむけ》がひどい。

ここ最近《さいきん》での、怪異《かいい》に対《たい》しての慣《な》れがなかったら、しゃがみこんでいたかもしれない。

「やあ。やっと出《で》てきてくれたね。待《ま》ってたんだよ」

一瞬目《いっしゅんめ》をはなした瞬間《しゅんかん》に、5メートルほどはなれた道路《どうろ》の真《ま》ん中《なか》に、ふらりと、**少年《しょうねん》が立《た》っていた。**

身長《しんちょう》はわたしと変《か》わらないか、少《すこ》し低《ひく》いぐらい。

顔立《かおだ》ちは恐《おそ》ろしく整《ととの》っていて、かわいい系《けい》のアイドルとしてデビューしたら、瞬《また》く間《ま》に人気《にんき》になりそうだった。

でも、そんなことはあり得《え》ない。

目《め》の前《まえ》の少年《しょうねん》から感《かん》じる、重苦《おもくる》しい空気《くうき》は、人《ひと》じゃない存在《そんざい》であることを実感《じっかん》させる。

足《あし》がガクガクして、ふるえがとまらない。

気分《きぶん》が悪《わる》い。

「なんのご用《よう》でありんすか？」

雪菜《ゆきな》さんが、前《まえ》に出《で》る。

「雪女《ゆきおんな》か。あんたには興味《きょうみ》ないよ。あっち行《い》っていいよ」

しっしっと、少年《しょうねん》は右手《みぎて》をふる。

「なめられたもので、ありんすね！」

雪菜《ゆきな》さんは、左手《ひだりて》から小《ちい》さな氷柱《ひょうちゅう》を何本《なんぼん》も作《つく》って、少年《しょうねん》に向《む》けて飛《と》ばす。

いきなりの攻撃《こうげき》にわたしはびっくりするが、少年《しょうねん》は軽《かる》く手《て》で氷柱《ひょうちゅう》をはらい落《お》とす。

「**邪魔《じゃま》だって言《い》ったよ**」

少年《しょうねん》は、雪菜《ゆきな》さんとの間合《まあ》いを一瞬《いっしゅん》でつめると、右手《みぎて》をふっただけで、雪菜《ゆきな》さんが衝撃《しょうげき》で横《よこ》に跳《と》んで、地面《じめん》を転《ころ》がる。

「雪菜《ゆきな》さん!?」

わたしは雪菜《ゆきな》さんの元《もと》にかけよろうとするが、少年《しょうねん》に見《み》つめられて、足《あし》が動《うご》かなくなる。

「さあ招待《しょうたい》するよ、一ノ瀬夏音《いちのせかのん》。ぼくの屋敷《やしき》にね」

少年《しょうねん》が、笑《わら》いかけてくる。それだけで、意識《いしき》が遠《とお》のくのを感《かん》じる。

ダメ……今《いま》、気《き》を失《うしな》ったら……。

倒《たお》れた雪菜《ゆきな》さんは動《うご》かない。

わたしは、地面《じめん》にひざをつく。

「怖《こわ》がることはないよ。**悪《わる》いようにはしないからさ**」

場《ば》にそぐわないような、はずんだ少年《しょうねん》の声《こえ》を聞《き》きながら、わたしは意識《いしき》を失《うしな》った。

17 見知《みし》らぬ天井《てんじょう》

「ううぅ……う〜ん……」

わたしは、目《め》を覚《さ》ます。

まだ意識《いしき》がぼんやりとしている。

うすく目《め》を開《あ》けると、天井《てんじょう》というには低《ひく》くて、ひらひらとしたレースのようなものが、たれさがっている。

細《ほそ》い柱《はしら》のようなものも、目《め》の端《はし》に2本《ほん》見《み》えた。

「……なに？」

そもそも、わたしはなんで寝《ね》ているんだっけ。

たしか、夜《よる》の街《まち》に調査《ちょうさ》に出《で》かけて……それで変《へん》な少年《しょうねん》が！

「雪菜《ゆきな》さん！」

わたしは思《おも》い出《だ》して、飛《と》び起《お》きる。

見《み》まわすと、わたしがいるのは映画《えいが》でお姫様《ひめさま》が使《つか》っているような、天蓋付《てんがいつ》きのベッドの上《うえ》だった。

状況《じょうきょう》が理解《りかい》できない。

なんで、わたしはこんなところにいるの？

「やっと起《お》きたわね」

混乱《こんらん》する中《なか》、声《こえ》が聞《き》こえたかと思《おも》うと、ベッドの上《うえ》になにかが飛《と》び乗《の》った。

……って。

「**アリサ！**」

ベッドの上《うえ》にいたのは、アリサだった。

「ねえ、なにがなんだかさっぱりなの。どうなってるの？」

「あなたは、さらわれたの。あのいけすかない、美少年《びしょうねん》に」

「さらわれた……」

そんな予感《よかん》はしたけど……。

なにが目的《もくてき》なの？　わたしの名前《なまえ》も知《し》っていたし。

「雪菜《ゆきな》からはなれていたわたしは、夏音《かのん》が連《つ》れ去《さ》られる前《まえ》に、あなたの服《ふく》の中《なか》にこっそり忍《しの》びこんだわけ。そうしたら、ここに連《つ》れてこられたの」

「そっか。ついてきてくれたんだ」

1人《ひとり》じゃないとわかって、ちょっとだけほっとする。

「でも、雪菜《ゆきな》さんは？」

「わからないわ。あれぐらいで、やられるわけはないと思《おも》うけどね。雪菜《ゆきな》の名誉《めいよ》のために言《い》っておくけど、雪女《ゆきおんな》の強《つよ》さは怪異《かいい》の中《なか》では**中堅《ちゅうけん》クラス**。けっして、弱《よわ》くないわ。それを簡単《かんたん》に倒《たお》してしまう、あの少年《しょうねん》がとんでもないのよ」

「あの子《こ》って、やっぱり怪異《かいい》だよね？」

確認《かくにん》のために、アリサにたずねる。

「そうね。それもとんでなく、**上位《じょうい》クラス**ね」

「神様《かみさま》みたいな？」

「山《やま》の神《かみ》とことをかまえたことがあったんだっけ？　まあ、神《かみ》のたぐいではないでしょうけど。まとう空気《くうき》が、**禍々《まがまが》しかった**もの」

そういえば、山《やま》の神《かみ》のときは空気《くうき》がすんだ感《かん》じがしたけど、あの少年《しょうねん》にはそういった空《くう》気《き》はなかった。

逆《ぎゃく》に空気《くうき》が重《おも》くまとわりつくような、嫌《いや》な感《かん》じがあった。

「それで……ここはどこなのかな？」

なんで、わたしがさらわれたのかもわからない。

今《いま》までの被害者《ひがいしゃ》と同《おな》じなら、道路《どうろ》で気《き》を失《うしな》ってるはずだよね。

「あの少年《しょうねん》の、隠《かく》れ家《が》ってところでしょうね。ずいぶん立派《りっぱ》な屋敷《やしき》だけど」

「洋風《ようふう》のお屋敷《やしき》っぽいよね？　このベッドもそうだし、部屋《へや》の飾《かざ》りとかも」

置《お》かれているテーブルもソファも、壁《かべ》の装飾《そうしょく》も、ハリウッド映画《えいが》に出《で》てくる豪邸《ごうてい》の一室《いっしつ》といった雰囲気《ふんいき》だ。

こんなところ、わたしの住《す》んでる街《まち》の近《ちか》くにあったかな？

「これからどうするの？　ここで、のんびりお姫様《ひめさま》をしてる？　この部屋《へや》を見《み》る限《かぎ》り、あの怪異《かいい》の少年《しょうねん》も、夏音《かのん》のことを悪《わる》くあつかうつもりは、ないのかもしれないわよ」

「のんびりなんてしてられないよ。あの男《おとこ》の子《こ》が杏《あんず》をおそった怪異《かいい》なら、リサーチャーとしてほうっておけない」

「まあ、夏音《かのん》ならそう言《い》うと思《おも》ったけど。付《つ》き合《あ》ってあげるわ」

ぴょんと、アリサがわたしの肩《かた》の上《うえ》に乗《の》る。

近寄《ちかよ》られて、鳥肌《とりはだ》がたつかと思《おも》ったけれど、そんなことはなかった。

というより。

「ずっと鳥肌《とりはだ》がたったままだ」

洋館《ようかん》にただよう空気《くうき》が、ずっと怪異《かいい》が近《ちか》くにいるときのようなものだった。

そのせいで、少《すこ》し感覚《かんかく》がマヒしているのかも。

「怪異《かいい》の隠《かく》れ家《が》だもの。覚悟《かくご》しておいたほうがいいわよ」

その言葉《ことば》に、怖気《おじけ》づきそうになるが、じっと待《ま》っているわけにもいかない。

夜見坂君《よみさかくん》にこのことが伝《つた》わっていればいいけど、それを期待《きたい》してただ待《ま》っているのは、性《しょう》に合《あ》わない。

自分《じぶん》で抜《ぬ》け出《だ》せそうなら、ここから脱出《だっしゅつ》しないと。

「アリサ。頼《たよ》りにしてるからね」

「できることはやるわよ。友達《ともだち》のためだもの」

わたしとアリサは、部屋《へや》のドアをそっと開《あ》けた。

18 しかけられたワナ

部屋《へや》の外《そと》に出《で》て、まわりを警戒《けいかい》したけれど、見《み》えるところにはだれもいない。

ほっと息《いき》をつき、左右《さゆう》を見《み》てから左方向《ひだりほうこう》に歩《ある》き出《だ》す。

左《ひだり》を選《えら》んだのは、単《たん》なる勘《かん》だ。

ろう下《か》には、真《ま》っ赤《か》なカーペットが敷《し》かれていて、壁《かべ》には外国《がいこく》の風景《ふうけい》っぽい絵画《かいが》が飾《かざ》られている。

天井《てんじょう》も高《たか》く、ろう下《か》といっても、わたしの部屋《へや》の3分《ぶん》の2ぐらいの幅《はば》がある。

「窓《まど》がないね」

声《こえ》をひそめて言《い》う。

ろう下《か》には**窓《まど》がなかった**。

閉《と》じこめるためなのか、それとも外《そと》に面《めん》していない場所《ばしょ》なのかはわからないけれど。

窓《まど》があったら、たたきわってでも、出《で》てやろうと思《おも》っていたのに。

「嫌《いや》な感《かん》じね」

アリサが、顔《かお》をしかめる。

「なにが嫌《いや》なの？」

「この隠《かく》そうともしない、怪異《かいい》の気配《けはい》よ。遠慮《えんりょ》ってものがなくて、品《ひん》がないわ」

「わたしには、よくわからないけれど……」

怪異《かいい》の気配《けはい》っていうのは、この両腕《りょううで》のおさまらない鳥肌《とりはだ》と関係《かんけい》ありそう。

だけど、品《ひん》があるとかないとか、細《こま》かいことまではわたしにはわからない。

「このろう下《か》、どこまで続《つづ》くのかな」

ろう下《か》は長《なが》そうだと思《おも》ったけれど、いつまで歩《ある》いてもつきあたりが見《み》えない。

いくらなんでも、おかしい。

こんな長《なが》さのろう下《か》があったら、学校《がっこう》の校舎《こうしゃ》以上《いじょう》の大《おお》きさの洋館《ようかん》ということになってしまう。

「空間《くうかん》が、ゆがんでいるのかもしれないわ」

「そんなことあるの？」

怪異《かいい》は、そんなことまでできるんだろうか。

「夏音《かのん》なら知《し》っているんじゃない？　怪異《かいい》の中《なか》には、目的地《もくてきち》までたどりつかせなかったり、帰《かえ》ろうとしても迷《まよ》わせたりするやつらがいることを」

「あっ……」

わたしは、アリサの言《い》う怪異《かいい》にすぐに思《おも》い当《あ》たる。

たとえば、**船幽霊**《ふなゆうれい》は船《ふね》に乗《の》っている人《ひと》の方向感覚《ほうこうかんかく》をくるわせて道《みち》に迷《まよ》わせる、という話《はなし》がある。

ほかにも、**狐**《きつね》**や狸**《たぬき》は化《ば》けて人《ひと》を迷《まよ》わせるいたずらをする、と怪異《かいい》の本《ほん》には書《か》いてあった。

妖狐《ようこ》の夜見坂君《よみさかくん》が、人《ひと》を迷《まよ》わせるとは思《おも》わないけど、怪異《かいい》にはそういう力《ちから》がある、というのがポイントだ。

あの少年《しょうねん》がなにものかはわからないけれど、人《ひと》を迷《まよ》わせるようなことができても、おかしくない。

アリサが言《い》うみたいに、空間《くうかん》をゆがめる？　みたいなことだって。

「そのあたりのドアを、開《あ》けてみようか」

わたしは、このままろう下《か》を歩《ある》くだけだと、らちがあかないと考《かんが》えて、アリサに提案《ていあん》してみる。

「いいんじゃないかしら。これだけだれも出《で》てこないんじゃ、部屋《へや》にだれかがいるとも思《おも》えないけど」
だれかいる、か。
それは考《かんが》えてなかった。
でも、その可能性《かのうせい》はあるんだよね。
それならそれで、状況《じょうきょう》が変《か》わるし悪《わる》くはない……はず。
わたしは近《ちか》くのドアに近《ちか》づき、ノブに手《て》をかける。
「開《あ》けるよ」
力《ちから》をこめて、ドアを開《あ》ける。
ゾワッ！
瞬間《しゅんかん》、背筋《せすじ》に寒気《さむけ》を感《かん》じて、反射的《はんしゃてき》にしゃがみこむ。
バサバサバサバサッ！
わたしの頭上《ずじょう》を、コウモリの大群《たいぐん》が飛《と》んで

いく。

「な、な、なにこれ」

目《め》の前《まえ》のできごとに、おどろきすぎて、しゃがみこんだまま動《うご》けない。

「おどかしね。見《み》てごらんなさい」

アリサに言《い》われて、コウモリが飛《と》んでいったろう下《か》のほうを見《み》ると、コウモリたちの姿《すがた》はだんだんとうすくなって、突然消《とつぜんき》えてしまう。

「どうなってるの？」

「怪異《かいい》の力《ちから》でつくりだしたもの、ってことね。そういうの、見《み》たことぐらいはあるでしょ」

夜見坂君《よみさかくん》が、炎《ほのお》の狐《きつね》をはなっているのを見《み》たことはある。

ああいうのと、同《おな》じってこと？

「じゃあ、コウモリに当《あ》たっていたら、あぶなかった」

夜見坂君《よみさかくん》の炎《ほのお》の狐《きつね》は、相手《あいて》にダメージをあたえていたよね。

「あれには攻撃《こうげき》する意思《いし》はなかったわ。だから、おどかしって言《い》ったの。どこかで見《み》てて、笑《わら》っているんじゃない」

アリサは不機嫌《ふきげん》そう。

わたしだって、そう考《かんが》えるといい気《き》分《ぶん》じゃない。

だって、からかわれたってことなんだから。

わたしは、すっくと立《た》ち上《あ》がりドアを閉《し》めると、またろう下《か》を進《すす》みだす。

「足取《あしど》りが怒《おこ》ってるわよ」

「こんなことするやつに、言《い》ってやりたいことが１つ増《ふ》えた」

「それはいいことね」

アリサは、愉快《ゆかい》そうに笑《わら》った。

19 夏音《かのん》の特別《とくべつ》な力《ちから》

そのあとも、いくつかのおどかしはあったものの、わたしが寒気《さむけ》を感《かん》じて事前《じぜん》にわかるために、うまくよけられた。

そうして、変《か》わらないろう下《か》を歩《ある》き続《つづ》けていると、不意《ふい》に様子《ようす》が変《か》わった。

「なに、あれ？　どうなってるの？」

わたしは、急《きゅう》にろう下《か》の先《さき》に見《み》えてきた、階段《かいだん》に足《あし》を止《と》める。

さっきまで、なにもなかったはずなのに、20メートルほど先《さき》に、下《した》に降《お》りる階段《かいだん》が現《あらわ》れた。

これも怪異《かいい》の力《ちから》ってことらしい。

「いかにも招待《しょうたい》されている感《かん》じね。ワナかしら」

「こっちは飽《あ》き飽《あ》きしてたから、ちょうどいいけどね」

わたしはそう言《い》いつつも、足《あし》がふるえる。

階段《かいだん》が現《あらわ》れてから、寒気《さむけ》が強《つよ》くなってきてる。

道路《どうろ》で、あの少年《しょうねん》と会《あ》ったときに感《かん》じたみたいに。
「大丈夫《だいじょうぶ》。なにかあっても、**守《まも》るから**」
アリサが、わたしの肩《かた》に乗《の》って真剣《しんけん》に言《い》う。
「ありがとう」
アリサにお礼《れい》を言《い》って、わたしは深呼吸《しんこきゅう》する。
このまま、わたしとアリサだけで、脱出《だっしゅつ》できればいい。
でも、そう簡単《かんたん》には行《い》かないともわかっていた。
これだけの屋敷《やしき》があって、これだけのことができる怪異《かいい》だ。
見逃《みのが》してくれるとは、思《おも》えない。
夜見坂君《よみさかくん》……。
もしも、「彼《かれ》」が今《いま》となりにいてくれたら、もっと希望《きぼう》を持《も》てたのかもしれない。
だけど、今《いま》はいない。
わたしとアリサだけで、切《き》り抜《ぬ》ける方法《ほうほう》を考《かんが》えなくちゃ。
それにまだ、わたしは怒《おこ》ってる。
杏《あんず》やほかの人《ひと》たちを、夜《よ》な夜《よ》なおそっていたのだとすれば、あの少年《しょうねん》をリサーチャーとして放《ほう》っておくわけにはいかない。

階段《かいだん》は螺旋《らせん》になっていて、わたしはゆっくりと下《お》りていく。

下《した》は大《おお》きな広間《ひろま》だ。ダンスホールのように広《ひろ》い。

見上《みあ》げると、天井《てんじょう》はドーム型《がた》になっていて、ステンドグラスから月《つき》の光《ひかり》が差《さ》しこんでいた。

「ようこそ、我《わ》が館《やかた》へ」

あのとき、道路《どうろ》で出会《であ》った美少年《びしょうねん》が、スーツを着込《きこ》んでうやうやしい仕草《しぐさ》で、礼《れい》をする。

ただそれだけなのに、強烈《きょうれつ》な寒気《さむけ》を感《かん》じて、足元《あしもと》がふらつく。

「しっかりしなさい」

耳元《みみもと》で、アリサがささやく。

ギュッと、足《あし》に力《ちから》を入《い》れる。

階段《かいだん》を下《お》りきって、広間《ひろま》にたどりつく。

少年《しょうねん》のことを、明《あ》かりの下《した》できちんと見《み》たのは、これが初《はじ》めてだ。

見《み》た目《め》の年齢《ねんれい》は、わたしと同《おな》じくらいに見《み》える。

道路《どうろ》で見《み》たときも思《おも》ったけれど、そのままアイドルだといっても、不思議《ふしぎ》でないぐらいのかわいい系《けい》の美形《びけい》だ。光《ひかり》の下《した》だとその整《ととの》い方《かた》が人間《にんげん》ばなれしていると、よくわかる。

そんな目《め》の前《まえ》の少年《しょうねん》を見《み》ていると、ふるえが止《と》まらない。

まちがいない。

わたしがこの屋敷《やしき》で、ずっと感《かん》じていた鳥肌《とりはだ》は、**この少年《しょうねん》が原因《げんいん》**だ。

「会《あ》うのは二度目《にどめ》だね。前《まえ》は名乗《なの》り損《そこ》ねてしまったから、あらためて名乗《なの》らせてもらうよ。**ルイ・カーゼンバーグ**だ。よろしくね」

ルイは、にっこりとほほ笑《え》む。

かわいい笑顔《えがお》と、感《かん》じる寒気《さむけ》と鳥肌《とりはだ》が、まるで一致《いっち》していない。

でも、ここでふるえているだけじゃ、ダメ！

「ここ最近《さいきん》の夜《よる》に起《お》きた事件《じけん》、あなたがやったことなの？」

わたしは、ルイをにらみつける。

「そうだよ。全部《ぜんぶ》は、**君《きみ》をおびきだすための**趣向《しゅこう》さ」

「わたしを、おびきだす？」

なにを言《い》っているのか、わからない。

「そうさ。だってつまらないだろう。君《きみ》がいる場所《ばしょ》にぼくが行《い》って、たださらってくるなんて」

まさか……夜《よる》に人《ひと》をおそっていたのは、リサーチャーのわたしを調査《ちょうさ》に出《で》てこさせるため？

「それだけのために、毎夜《まいよ》のように事件《じけん》を起《お》こしたの！」

「そう言《い》っているじゃないか」

ルイは、なんでもないことのように答《こた》える。

「どうして、そこまでわたしにこだわるの？」

「君《きみ》の力《ちから》が**特別**《とくべつ》だからさ」

「特別《とくべつ》？　この変《へん》な体質《たいしつ》のこと？」

怪異《かいい》を感《かん》じると、鳥肌《とりはだ》がたって寒気《さむけ》が起《お》きるオカルトアレルギー。

特別《とくべつ》と言《い》われて思《おも》いつくのは、それぐらいだ。

「自覚《じかく》がないんだね。君《きみ》にはどういうわけか、**神格**《しんかく》がある。しかも相当《そうとう》な上位《じょうい》の**神**《かみ》**の力**《ちから》が秘《ひ》められてる」

「神格《しんかく》？」

わたしは、自分《じぶん》の手《て》のひらを見《み》る。

自分自身《じぶんじしん》にそんなものがあるようには、とても思《おも》えない。

「そうだよ。神格《しんかく》というのは、神《かみ》が持《も》つ力《ちから》のことだよ。この世《よ》に存在《そんざい》する神格《しんかく》は、ふつうはごくごく小《ちい》さなものなんだよ。あの山《やま》の神《かみ》みたいな」

「なんで、山《やま》の神《かみ》のことを知《し》ってるの？」

あのときも、見《み》られていた？

「さあ、どうしてだろうね。でも、君《きみ》の神格《しんかく》は地上《ちじょう》で見《み》ることのほとんどない、強《つよ》さだ」

「そんなもの知《し》らない！」

ルイが、適当《てきとう》なことを言《い》っているんじゃないの。

わたしは、怪異《かいい》のことだって、最近見《さいきんみ》えるようになったばかりで、そんな特別《とくべつ》な力《ちから》があるとは思《おも》えない。

「だろうね。自覚《じかく》があったら、もっとどうにかしていたはずだよ。今《いま》は君《きみ》の神《かみ》の力《ちから》に気《き》づいている怪異《かいい》は少《すく》ないだろうけど、その力《ちから》を手《て》に入《い》れることができたなら、**怪異《かいい》の王《おう》**も夢《ゆめ》じゃない」

ルイの目《め》は真剣《しんけん》だ。

ウソを言《い》っているようには、見《み》えなかった。

それに、この場《ば》でわたし相手《あいて》にウソを言《い》う意味《いみ》なんて、ないはずだ。

本当《ほんとう》に、わたしにそんな力《ちから》が……？

ただの、オカルトアレルギーじゃないの。

だったら、杏《あんず》がおそわれたのも、わたしの……せい？

「しっかりなさい。夏音《かのん》には、手《て》を出《だ》させないわよ！」

アリサが、わたしの肩《かた》から飛《と》び出《だ》して、近《ちか》くにあった花瓶《かびん》とイスを念力《ねんりき》で飛《と》ばす。

そのまま、アリサはわたしのほうを向《む》く。

「今《いま》のうちに逃《に》げるわよ！　あいつはやばい」

「それはわかるけど、弱点《じゃくてん》をつければどうにかなるんじゃ……」

「弱点《じゃくてん》って、あいつがなんの怪異《かいい》かわかるの？」

アリサがおどろく。

「たぶん」

ろう下《か》を歩《ある》いているときに、ずっと考《かんが》えていた。

貧血《ひんけつ》で倒《たお》れて発見《はっけん》された人《ひと》たち、被害《ひがい》が夜《よる》だけであること、館《やかた》のろう下《か》に窓《まど》がないこと、おどかしにコウモリが出《で》てきたこと、杏《あんず》の首筋《くびすじ》にあった小《ちい》さな赤《あか》い2つのあと。

全部《ぜんぶ》をつなぎあわせると、1つの怪異《かいい》がうかんでくる。

「あのルイという少年《しょうねん》は、不死者《ふししゃ》の王《おう》、**ヴァンパイア**」

「ヴァンパイア⁉　超大物《ちょうおおもの》じゃない！」

アリサが、悲鳴《ひめい》のような声《こえ》をあげる。

やっぱり怪異《かいい》の中《なか》でも、有名《ゆうめい》らしい。

ヴァンパイアは不死者《ふししゃ》の王《おう》として、怪異《かいい》の中《なか》でも最強《さいきょう》の一角《いっかく》と説明《せつめい》している本《ほん》が多《おお》い。

それが事実《じじつ》なのだとしたら、たしかに逃《に》げたほうがいいのかもしれない。

——**逃《に》げられるのなら**。

「よく気《き》づいたね。なかなか冴《さ》えているじゃないか。バカじゃない人間《にんげん》は好《す》きだよ。そう。ぼくは**ヴァンパイアの公爵《こうしゃく》**なんだ。おどろいたかい？」

公爵《こうしゃく》？

ということは……。

「逃《に》げるわよ！」

アリサに服《ふく》のそでをぐいっと引《ひ》っぱられ、考《かんが》えを中断《ちゅうだん》する。

「無粋《ぶすい》だね。おとなしくしているなら、人形《にんぎょう》は見逃《みのが》そうかと思《おも》っていたけどね」

ルイがふわり、と動《うご》いた気《き》がした。

次《つぎ》の瞬間《しゅんかん》には、わたしたちの目《め》の前《まえ》に現《あらわ》れる。

目《め》で追《お》うこともできない。

「邪魔《じゃま》だよ」

「きゃっ！」

アリサはルイが腕《うで》をはらった衝撃《しょうげき》で、床《ゆか》を転《ころ》がるように壁際《かべぎわ》までつきとばされる。

そのままぐったりとして、アリサは動《うご》かない。

「アリサ！」

かけよろうとするけど、ルイに手首《てくび》をつかまれる。

「はなしてよ！　あなた、わたしが狙《ねら》いなんでしょ！　なら、わたしだけを狙《ねら》いなさいよ！」

杏《あんず》だったり、雪菜《ゆきな》さんだったり、アリサだったり。

ほかにも、たくさんの人《ひと》をおそったりして！

「お遊《あそ》びでもあったけど、こちらにも事情《じじょう》があるんだよ。ぼくが君《きみ》を狙《ねら》っているとバレると、**兄様《あにさま》たち**がだまっていないからね。そうなると面倒《めんどう》だ」

兄様《あにさま》ってことは、こんなヴァンパイアが、ほかにもいるってこと？

さっきルイはヴァンパイアの公爵《こうしゃく》って、言《い》っていた。

前《まえ》に本《ほん》で読《よ》んだことがある。

ヴァンパイアの中《なか》には、貴族《きぞく》の階級《かいきゅう》があるって。

それはそのまま強《つよ》さにつながっていて、階級《かいきゅう》が高《たか》いほど強《つよ》くなる。

公爵《こうしゃく》は、**王《おう》の次《つぎ》に位《くらい》が高《たか》い**。

つまり、ルイはヴァンパイアの中《なか》でも、最上位《さいじょうい》の強《つよ》さってことだ。

怪異《かいい》の中《なか》でも強《つよ》いとアリサが言《い》っていた、雪菜《ゆきな》さんが敵《かな》わなかったのも理解《りかい》できる。

それよりも強《つよ》いヴァンパイアがいるとしたら……。

「わたしを……どうするつもりなの」

体《からだ》のふるえにあらがいながら、ぐっとルイをにらみつける。

「一ノ瀬《いちのせ》夏音《かのん》。君《きみ》の神《かみ》の力《ちから》を、ぜひとも手《て》に入《い》れたい。しかし、神《かみ》の力《ちから》は怪異《かいい》には毒《どく》にもなる。君《きみ》の神《かみ》の力《ちから》は、ぼくほどの存在《そんざい》でも手《て》に余《あま》るほどの大《おお》きな力《ちから》でね。君《きみ》を手《て》に入《い》れたからといって、簡単《かんたん》にその力《ちから》が手《て》に入《はい》るわけじゃない。下手《へた》に手《て》を出《だ》せば、こちらが神《かみ》の力《ちから》にのみこまれてしまうからね。君《きみ》の中《なか》から、神《かみ》の力《ちから》だけを抜《ぬ》き出《だ》す、儀式《ぎしき》が必要《ひつよう》なのさ。それまで、この屋敷《やしき》でゆっくりしてくれればいいよ」

勝手《かって》なことを！

でもくやしいけど、今《いま》のわたしにはそれを拒否《きょひ》することすらできない。

ただ、ルイをにらみつけることしか……。

「さあ、部屋《へや》にもどってもらうよ」

ルイが、わたしの手《て》を引《ひ》く。

そのルイの頬《ほお》に、花瓶《かびん》の割《わ》れたかけらが、コツンと力《ちから》なく当《あ》たる。

「させないって……言《い》ってるでしょ……」

アリサが、倒《たお》れたまま、わたしとルイを見《み》ながら言《い》う。

「まだ、動《うご》けたんだね。しっかり壊《こわ》さないとダメか」

ルイが、手《て》をふりあげる。

「ダメ！」

わたしは叫《さけ》ぶ。

ルイが手《て》をふり下《お》ろす。
次《つぎ》の瞬間《しゅんかん》――。

パリンッ。

広間《ひろま》の天井《てんじょう》のステンドグラスが、勢《いきお》いよく割《わ》れた。

20 奇《き》跡《せき》を信《しん》じて！

「無事《ぶじ》か、夏音《かのん》！」

飛《と》びこんできたのは、**妖狐《ようこ》姿《すがた》の夜《よ》見《み》坂君《さかくん》**だ。

「夜《よ》見《み》坂君《さかくん》！」

ステンドグラスの破片《はへん》とともに、夜《よ》見《み》坂君《さかくん》がわたしとルイの間《あいだ》に着地《ちゃくち》する。

立《た》ち上《あ》がり、ルイをにらみつける。

夜《よ》見《み》坂君《さかくん》の瞳《ひとみ》が、いつも以上《いじょう》に鋭《するど》い。

「ずいぶん、勝手《かって》なことをしてやがるな」

その声《こえ》には、強《つよ》い怒気《どき》がこめられている。

「来《く》ると思《おも》っていたよ。夜《よ》見《み》坂悠斗《さかゆうと》。だけど、ぼくの城《しろ》に乗《の》り込《こ》むとは、覚悟《かくご》はできているんだろうね」

ルイは、夜《よ》見《み》坂君《さかくん》に対《たい》しても余裕《よゆう》の態度《たいど》だ。

「おまえこそ、おれの仲間《なかま》たちに手《て》を出《だ》したこと、後悔《こうかい》させてやるよ」

「ふっ、狐《きつね》ごときが大層《たいそう》なことを言《い》う」

夜見坂君《よみさかくん》とルイが、にらみあう。

早《はや》くはなれないと。

ここにいたら、夜見坂君《よみさかくん》の戦《たたか》いの邪魔《じゃま》になる。

でも、この場《ば》に怪異《かいい》が多《おお》くいるせいなのか、足《あし》がふるえてすぐに動《うご》いてくれない。

どうしよう……。

そう思《おも》ったとき、後《うし》ろから急《きゅう》に引《ひ》っ張《ぱ》られる。

「こっちでありんすよ」

後《うし》ろをふり返《かえ》ると、いつの間《ま》にか**雪菜《ゆきな》さんが立《た》っていた。**

雪菜《ゆきな》さんに支《ささ》えられて、一緒《いっしょ》にルイからはなれる。

ルイは、わたしのほうをちらりと見《み》たけれど、すぐに夜見坂君《よみさかくん》のほうを向《む》き直《なお》る。

今《いま》は、夜見坂君《よみさかくん》を優先《ゆうせん》するつもりみたい。

「無事《ぶじ》だったんですね！」

広間《ひろま》の端《はし》まではなれてから、わたしは雪菜《ゆきな》さんに声《こえ》をかける。

最後《さいご》に見《み》たのが、ルイに攻撃《こうげき》されて倒《たお》れこんだ姿《すがた》だったから、心配《しんぱい》していたんだよね。

「まだ本調子《ほんちょうし》にはほど遠《とお》いけど、間《ま》に合《あ》ってよかったでありんすよ。アリサもご苦労様《くろうさま》。がんばったでありんすね」

「……守《まも》るって言《い》ったからね。人形《にんぎょう》は約束《やくそく》を守《まも》るものよ。でも、ちょっとつかれたけど」

アリサも、わたしたちのところまで、避難《ひなん》してきていた。

ルイや夜見坂君《よみさかくん》の近《ちか》くにいたら、これから始《はじ》まるだろう、戦《たたか》いに巻《ま》きこまれてしまう。

「あとは、狐《きつね》さんにおまかせするしかなさそうで、ありんすね」

「うん、きっと夜見坂君《よみさかくん》なら」

わたしたちは、夜見坂君《よみさかくん》のことを見守《みまも》る。

夜見坂君《よみさかくん》もルイも、なかなか動《うご》き出《だ》さない。

「こないのか。それならこちらから……」

ルイがかまえた瞬間《しゅんかん》、夜見坂君《よみさかくん》の姿《すがた》が消《き》えた。

次《つぎ》に夜見坂君《よみさかくん》が見《み》えたのは、ルイの前《まえ》だ。拳《こぶし》をくり出《だ》している。

「その程度《ていど》で」

夜見坂君《よみさかくん》の拳《こぶし》を、軽《かる》くはじくと、ルイがパンチをはなつ。

意外《いがい》にも、始《はじ》まったのは至近距離《しきんきょり》での殴《なぐ》り合《あ》いだ。

おたがいのパンチが、頬《ほお》や体《からだ》に当《あ》たる。

それでも、どちらも後《うし》ろに下《さ》がらない。

ただ、だんだんと夜見坂君《よみさかくん》の攻撃《こうげき》が当《あ》たらなくなってきてる。

「手助《てだす》けできないかな」

わたしは、雪菜《ゆきな》さんとアリサを見《み》る。

「あれだけの戦《たたか》いの間《あいだ》に入《はい》るのは、むずかしいでありんす」

「邪魔《じゃま》をすることになりそうね」

戦《たたか》いでは力《ちから》になれないことは、わかってる。

でも、見《み》てることしかできないなんて……。

「ちっ……！」

夜見坂君《よみさかくん》が、後《うし》ろに下《さ》がる。

「あれ？　もう終《お》わりかな」

ルイには、余裕《よゆう》がある。

それに比《くら》べて、夜見坂君《よみさかくん》からはポタポタと血《ち》が流《なが》れ、床《ゆか》をぬらしていた。

あきらかに、夜見坂君《よみさかくん》が押《お》されている。

このままじゃ……。

なにか、わたしにできることはない？

たしかに戦《たたか》うことはできない。

でも、ルイが言《い》うみたいに、わたしに神様《かみさま》みたいな力《ちから》があるんなら、なにかできないの？

そう考《かんが》えたとき、ふと思《おも》い出《だ》す。

夜見坂君《よみさかくん》が前《まえ》に、**わたしと手《て》をつないだときは、いつもより力《ちから》が出《で》る**と言《い》っていた。

わたしに本当《ほんとう》に神格《しんかく》があって、神様《かみさま》の力《ちから》が秘《ひ》められているんだとしたら。

やってみる価値《かち》はあるかもしれない。

「雪菜《ゆきな》さん、アリサ。**お願《ねが》いがあるの。**時間《じかん》をかせいでほしいの」

わたしは、2人《ふたり》に頼《たの》む。

「時間《じかん》？　なにか案《あん》があるのね」

アリサが、すぐに察《さっ》してくれる。

「といっても、あのヴァンパイア相手《あいて》に、時間《じかん》をかせぐだけでも大変《たいへん》でありんすよ」

「そうだよね……」

やっぱりむ……

「かせげて3分《ぷん》というところで、ありんすか」

「雪菜《ゆきな》さん？」

「夏音《かのん》が言《い》うことなら、信《しん》じるのは当然《とうぜん》でありんす」

「ありがとう！」

「それは、作戦《さくせん》が成功《せいこう》したあとにね」

アリサが、青《あお》い目《め》でウインクする。

「**ごほっ**」

夜見坂君《よみさかくん》が、床《ゆか》にひざをついている。

いけないいっ！

間《ま》に合《あ》わなくなる。

わたしは、夜見坂君《よみさかくん》に向《む》けてかけだす。

それと同時《どうじ》に雪菜《ゆきな》さんとアリサが、ルイに

向《む》けて攻撃《こうげき》をしかける。

「邪魔《じゃま》だよ」

ルイが、2人《ふたり》の攻撃《こうげき》を軽《かる》くあしらっている。

わたしはその間《あいだ》に、夜見坂君《よみさかくん》まで近《ちか》づく。

「おまえら……なにを？」

夜見坂君《よみさかくん》は、わたしたちを見《み》て、とまどった顔《かお》になる。

「夜見坂君《よみさかくん》！　手《て》をのばして！」

「夏音《かのん》どういう……**わかった**」

夜見坂君《よみさかくん》は、わたしの真剣《しんけん》な顔《かお》を見《み》て、なにもきかずに手《て》をのばしてくる。

わたしは夜見坂君《よみさかくん》ののばした手《て》を、両手《りょうて》でしっかりとにぎる。

お願《ねが》い！　わたしに神様《かみさま》の力《ちから》が本当《ほんとう》にあるんなら、その力《ちから》を夜見坂君《よみさかくん》にわたして。

届《とど》いて！

ただそう祈《いの》るしか、わたしにはやり方《かた》がわからなかった。

すると、わたしがにぎっている夜見坂君《よみさかくん》の手《て》が、ぼんやりと光《ひか》り、その光《ひかり》が次第《しだい》に夜見《よみ》
坂君《さかくん》の体全体《からだぜんたい》に広《ひろ》がっていく。

「まさか、貴様《きさま》ら！」

ルイが、こちらのしていることに気《き》づく。

「きゃっ！」

アリサと雪菜《ゆきな》さんをふきとばし、わたしたちのほうに向《む》かってくる。

わたしは、強《つよ》く想《おも》いを込《こ》める。

伝《つた》わって！

夜見坂君《よみさかくん》の体《からだ》の光《ひかり》が、より強《つよ》くなる。

まぶしいほどに、青白《あおじろ》く光《ひか》り、わたしは思《おも》わず目《め》をつむる。

「させるかっ！」

ルイの声《こえ》が間近《まぢか》に聞《き》こえても、わたしは夜見坂君《よみさかくん》の手《て》をはなさない。

トンッ。

軽《かる》い足音《あしおと》とともに、わたしの体《からだ》がうきあがったのがわかった。

おそるおそる目《め》をあけると、すぐ上《うえ》に夜見坂君《よみさかくん》の顔《かお》があった。

これって、今《いま》お姫様抱《ひめさまだ》っこされてる⁉

何度《なんど》か見《み》た景色《けしき》に、わたしは心《こころ》の中《なか》であわてる。

「夜見坂君《よみさかくん》？」

「助《たす》かった。これでアイツと戦《たたか》える」

夜見坂君《よみさかくん》が、広間《ひろま》の端《はし》にわたしを下《お》ろして、ルイに向《む》かって歩《ある》き出《だ》す。

「なるほど。神格《しんかく》の力《ちから》を得《え》たんだ。だけど、それじゃあほんの一部《いちぶ》だね。ぼくと戦《たたか》えるかな？」

ルイはそう軽《かる》い口調《くちょう》で言《い》いながらも、表情《ひょうじょう》はいまいましげに夜見坂君《よみさかくん》を見《み》ている。

「試《ため》してみれば、**わかるだろ**」

夜見坂君《よみさかくん》が、ニヤリと笑《わら》い、一気《いっき》にルイとの間合《まあ》いをつめる。

夜見坂君《よみさかくん》とルイの第二《だいに》ラウンドが、始《はじ》まる。

さっきと同《おな》じように、間近《まぢか》にせまっての殴《なぐ》り合《あ》いだ。

だけど、今度《こんど》はルイもよけられずに、夜見坂君《よみさかくん》のパンチが当《あ》たっている。

戦《たたか》いについてはわからないけれど、夜見坂君《よみさかくん》はさっきより明《あき》らかに強《つよ》くなってる。

「ほめてあげるよ。ここまで、強《つよ》くなるなんて」

ルイが、口元《くちもと》についた血《ち》をハンカチでぬぐう。

こんなときでも、上品《じょうひん》な仕草《しぐさ》をする余裕《よゆう》があるみたい。

それに比《くら》べて、戦《たたか》いでは互角《ごかく》に見《み》えたけど、夜見坂君《よみさかくん》は肩《かた》で息《いき》をしている。
「神《かみ》の力《ちから》は、なんの準備《じゅんび》もなしに得《え》たら、体《からだ》にきついだろう。いつまで持《も》つかな？」
ルイが笑《わら》う。
もしかして、神《かみ》の力《ちから》は夜見坂君《よみさかくん》にも負担《ふたん》が大《おお》きいの!?
今《いま》でも互角《ごかく》なのに……。
このままだと、わたしが託《たく》した力《ちから》のせいで、夜見坂君《よみさかくん》が負《ま》けちゃう。
だけど、さっきよりはチャンスがある。
今《いま》の夜見坂君《よみさかくん》なら、ルイにダメージを与《あた》えられるから。
どうにか、早《はや》めの決着《けっちゃく》に持《も》ちこむしかない。
そのために、ルイに隙《すき》を作《つく》れるといいんだけど……。
わたしは、オカルトの知識《ちしき》と今《いま》まで観察《かんさつ》してきたことを、思《おも》い返《かえ》す。
ルイはヴァンパイア。
そして、今《いま》までのルイの行動《こうどう》や、屋敷《やしき》の造《つく》りを考《かんが》えると……。
わたしは天井《てんじょう》を見上《みあ》げる。
夜見坂君《よみさかくん》がやぶった、ステンドグラスがあった。

夜《よ》が明《あ》け、日《ひ》の出《で》の時間《じかん》を迎《むか》えていた。
もしかしたら！
でも、夜見坂君《よみさかくん》に伝《つた》わる？
そもそも、本当《ほんとう》にわたしの考《かんが》えがあってるかもわからない。
なやんでいるところに、アリサと雪菜《ゆきな》さんの姿《すがた》が目《め》に入《はい》る。
2人《ふたり》とも、わたしを見《み》て大《おお》きくうなずいた。
『考《かんが》えがあるなら、やっちゃいなさい』
『きっと、うまくいくでありんすよ』
2人《ふたり》が、そう言《い》っている気《き》がした。
わたしは覚悟《かくご》を決《き》める。
「夜見坂君《よみさかくん》！」
声《こえ》を張《は》り上《あ》げる。
夜見坂君《よみさかくん》が、わたしのほうを一瞬《いっしゅん》見《み》る。
わたしは、まっすぐに右手《みぎて》を天井《てんじょう》に向《む》けて指《ゆび》さした。
気《き》づいて……**お願《ねが》い！**

逆《ぎゃく》にルイが、小《ちい》さく舌打《したう》ちする。

祈《いの》るように、天井《てんじょう》を指《ゆび》さしていると、夜見坂君《よみさかくん》は察《さっ》したように、ニヤリと笑《わら》った。

ダンッ！

床《ゆか》を強《つよ》くけって、夜見坂君《よみさかくん》が高《たか》くジャンプする。

逆《さか》さまになって、天井《てんじょう》のステンドグラスに足《あし》をつく。

そのまま、ステンドグラスを足《あし》でける。

もともと、割《わ》れていてもろくなったステンドグラスが、**パリンッ**、と大《おお》きく割《わ》れた。

広間《ひろま》に、大《おお》きく日差《ひざ》しが差《さ》しこむ。

「**狐《きつね》めっ！**」

ルイが怒鳴《どな》る。

ヴァンパイアには、弱点《じゃくてん》とされるものがたくさんある。その1つが**太陽《たいよう》の日差《ひざ》し**だ。焼《や》けて灰《はい》になるって言《い》われてる。

この屋敷《やしき》は、ろう下《か》に窓《まど》がないほど、日差《ひざ》しをさえぎっている。

そして、ルイが人々《ひとびと》をおそっていたのは、夜《よる》だ。

さすがに位《くらい》の高《たか》いヴァンパイアだし、太陽《たいよう》の日差《ひざ》しで灰《はい》になるようなことはないだろうけど、少《すこ》しでもダメージを受《う》けてくれれば、十分《じゅうぶん》なんだ。

「祓《はら》え給《たま》い、清《きよ》め給《たま》え」

空中《くうちゅう》で夜見坂君《よみさかくん》が唱《とな》えながら、左手《ひだりて》で狐《きつね》をつくる。

「コンッ！」

狐《きつね》の形《かたち》をした炎《ほのお》が、ルイに向《む》かって飛《と》んでいく。

ルイは、よけようとするが、日差《ひざ》しのせいか少《すこ》しだけ反応《はんのう》がおくれる。

両手《りょうて》をつきだして、狐《きつね》の炎《ほのお》を受《う》け止《と》めようとする。

「**ギギギギィ…………**」

狐《きつね》の炎《ほのお》を、ルイが必死《ひっし》で受《う》け止《と》めている。

日差《ひざ》しが、じりじりとルイにふりそそいでいる。

「**ぐおおおおっ！**」

ルイが狐《きつね》の炎《ほのお》を受《う》け止《と》めきれずに、全身《ぜんしん》が炎《ほのお》に包《つつ》まれる。

着地《ちゃくち》した夜見坂君《よみさかくん》が、油断《ゆだん》なくルイを見《み》つめる。

ルイから炎《ほのお》が消《き》えると、床《ゆか》に片膝《かたひざ》をついて息《いき》を荒《あら》くしていた。

「ここまでだな」

夜見坂君《よみさかくん》が言《い》った。

「日差《ひざ》しの影響《えいきょう》は、ほとんど克服《こくふく》しているんだけどね。さすがに、少《すこ》しは動《うご》きがにぶるよ。今回《こんかい》はぼくの負《ま》けだ。人《ひと》が混《ま》じっているとは思《おも》えない強《つよ》さだ」

「おまえは**かんちがい**してるな」

ルイに向《む》けて、夜見坂君《よみさかくん》が首《くび》をふる。

「なんだと？」

「人《ひと》が混《ま》じっていることは、**弱《よわ》さじゃない**。夏音《かのん》や、そこに倒《たお》れてる雪菜《ゆきな》や人形《にんぎょう》のアリサ、そしておれの中《なか》に流《なが》れる2つの血《ち》。ぜんぶ混《ま》じってるから、**強《つよ》いんだよ**」

「そういうことにしておいてあげよう。勝者《しょうしゃ》の言葉《ことば》にさからうのは、見苦《みぐる》しいからね」

ルイが肩《かた》をすくめる。

「逃《に》がすか。話《はなし》を聞《き》かせてもらうぞ。なにが目的《もくてき》だったのか」

「それは遠慮《えんりょ》させてもらうよ。あくまでゆずるのは、この場《ば》での勝《か》ちだけだ」

ルイはそう言《い》うと、パチンと指《ゆび》を鳴《な》らす。

すると、どこからともなく、コウモリの大群《たいぐん》が現《あらわ》れて夜見坂君《よみさかくん》やわたしのほうにまで、飛《と》んでくる。

「ちっ！」

舌打《したう》ちして、夜見坂君《よみさかくん》がわたしをコウモリからかばってくれる。

コウモリが消《き》えたあと、ルイの姿《すがた》はもう広間《ひろま》にはなかった。

「逃《に》げられたか」

夜見坂君《よみさかくん》は言《い》うと、その体《からだ》がふらりとゆれる。

「ちょっ!?　夜見坂君《よみさかくん》」

「夏音《かのん》、無事《ぶじ》でよかった」

夜見坂君《よみさかくん》は笑《わら》うと、そのまま床《ゆか》に倒《たお》れこむ。

「夜見坂君《よみさかくん》！　夜見坂君《よみさかくん》！」

わたしは、夜見坂君《よみさかくん》の頭《あたま》を抱《かか》え上《あ》げる。

だけど、夜見坂君《よみさかくん》は目《め》をつむったままだ。

呼吸《こきゅう》はある。気《き》を失《うしな》っているみたい。

わたしは、ほっとすると、夜見坂君《よみさかくん》の頭《あたま》を抱《かか》えながらつぶやいた。

「ありがとう、夜見坂君《よみさかくん》」

21 君《きみ》がいてくれたから

ルイとの戦《たたか》いから2日《か》がたった。

あのあと、倒《たお》れてしまった夜見坂君《よみさかくん》を抱《かか》えて、ボロボロな雪菜《ゆきな》さんとアリサと一緒《いっしょ》に洋《よう》館《かん》を出《で》ると、家政婦《かせいふ》の佐々木《ささき》さんが洋館《ようかん》の前《まえ》まで迎《むか》えにきてくれていた。

どういう人《ひと》なのか謎《なぞ》だけれど、ワイピーの人《ひと》なのはまちがいない。

しかも、洋館《ようかん》はわたしたちが外《そと》に出《で》ると、きれいさっぱり消《き》えてなくなってしまった。

あれも怪異《かいい》の力《ちから》で作《つく》られたもの、なのかな。

「夜見坂《よみさか》さんは、お引《ひ》き受《う》けします」

そう言《い》う佐々木《ささき》さんに、夜見坂君《よみさかくん》を託《たく》した。

半妖《はんよう》である夜見坂君《よみさかくん》を、ふつうの病院《びょういん》で治療《ちりょう》してもらっていいのかもわからないし、ケガの理由《りゆう》をきかれたりしたら、もっと困《こま》る。

帰《かえ》ってからも、何度《なんど》か家《いえ》で療養《りょうよう》している夜見坂君《よみさかくん》のお見舞《みま》いに行《い》ったけれど、いつも夜《よ》見坂君《みさかくん》は眠《ねむ》ったままだった。

佐々木《ささき》さんの話《はなし》だと、外《そと》から得《え》た力《ちから》の反動《はんどう》のせいらしい。

それって、わたしのせいだよね。

神《かみ》の力《ちから》を多《おお》く流《なが》したから、それが負担《ふたん》になって……。

今《いま》も夜見坂君《よみさかくん》の家《いえ》の和室《わしつ》で、布団《ふとん》で眠《ねむ》る夜見坂君《よみさかくん》のそばに、わたしはすわっていた。

寝息《ねいき》はおだやかで、あれから一度《いちど》も目《め》を覚《さ》ましていない、というのがウソみたいだ。

「ごめんね、夜見坂君《よみさかくん》」

わたしは、夜見坂君《よみさかくん》の寝顔《ねがお》にあやまる。

そろそろ帰《かえ》ろう。

そう思《おも》って立《た》ち上《あ》がろうとすると、不意《ふい》にわたしの手《て》がつかまれる。

「**きゃっ！**」

思《おも》わずおどろいて、悲鳴《ひめい》が出《で》る。

な、な、なにごと⁉

わたしは自分《じぶん》の左手《ひだりて》を見《み》ると、布団《ふとん》から出《で》た手《て》がつかんでいた。

「あやまらないでよ。あれがなかったら、ぼくはあいつには勝《か》てなかったから」

夜見坂君《よみさかくん》のほうを見《み》ると、目《め》を覚《さ》ましていた。

「夜見坂君《よみさかくん》!? 目《め》が覚《さ》めたの？」

「寝《ね》すぎちゃったみたいだね」

夜見坂君《よみさかくん》が、ふわっと笑《わら》う。

「それはいいけど……って、あれ？ 夜見坂君《よみさかくん》、わたしの手《て》をにぎっているのに、妖狐《ようこ》になってないよ！」

「力《ちから》を使《つか》いすぎたみたいだ。まだ妖狐《ようこ》にはなれなそうだよ。それにしても、心配《しんぱい》をかけたみただいね……いててっ」

夜見坂君《よみさかくん》が顔《かお》をしかめる。

「まだ、体《からだ》が痛《いた》い？」

わたしは、顔《かお》がゆがむのが自分《じぶん》でもわかった。

「大丈夫《だいじょうぶ》だよ。ひどい筋肉痛《きんにくつう》って感《かん》じかな。力《ちから》を使《つか》った反動《はんどう》だと思《おも》うし、いずれ治《なお》るよ。

妖狐《ようこ》の力《ちから》のほうも。だから、**そんな顔《かお》しないで**」

「でも、わたしのせいで……」

「ちがうよ。あの力《ちから》がなかったら、ぼくはあのヴァンパイア――ルイに勝《か》てなかった。そうしたら、**一ノ瀬《いちのせ》さんも守《まも》れなかった**。だから後悔《こうかい》なんてしていない。一ノ瀬《いちのせ》さんにもしないでほしい」

「わかった。……ほんとに、**目《め》が覚《さ》めてくれてよかった**」

わたしは、夜見坂君《よみさかくん》の手《て》をにぎる。

佐々木《ささき》さんは大丈夫《だいじょうぶ》と言《い》っていたけれど、もし目《め》を覚《さ》まさなかったら……と、少《すこ》しだけ頭《あたま》をよぎっていた。

「一ノ瀬《いちのせ》さんは、心配性《しんぱいしょう》だな」

夜見坂君《よみさかくん》が笑《わら》い、ふと目《め》があう。

しん、と部屋《へや》が静《しず》かになる。

なんだろう？　なんかしゃべらなくちゃ。

そう思《おも》うのに、口《くち》の中《なか》がかわいて、うまく言葉《ことば》が出《で》てこない。

だけど、立《た》ち上《あ》がったり目《め》をはなしたりもできなくて……。

「そこよ！　そこで一押《ひとお》し！」

「なんとも、もどかしいでありんすねぇ」

不意《ふい》に後《うし》ろから声《こえ》が聞《き》こえて、わたしはおどろいてその場《ば》から飛《と》びのく。

「アリサ！　雪菜《ゆきな》さん！」

ふり返《かえ》ると、ふすまの間《あいだ》から、アリサと雪菜《ゆきな》さんがこっちをのぞいていた。

「ちょ、2人《ふたり》とも。いつのまにいたの？」

夜見坂君《よみさかくん》が、あわてている。

「目《め》を覚《さ》ましたあたりで、ありんすよ」

「もうちょっと、**強気《つよき》で押《お》していけばいいのに**」

「**なんの話《はなし》だよ！**」

夜見坂君《よみさかくん》とアリサと雪菜《ゆきな》さんが、わちゃわちゃとしながら話《はな》している。

そんな3人《にん》を見《み》ながら、考《かんが》える。

ルイは、わたしに神格《しんかく》があるって言《い》っていた。

でも、そんなものを持《も》った覚《おぼ》えなんてない。

あるとしたら……わたしの体質《たいしつ》の原因《げんいん》、神隠《かみかく》し。

神隠《かみかく》しにも、神《かみ》って名前《なまえ》がつくぐらいだから、関係《かんけい》があるのかも。

そうだとしたら、自分《じぶん》の過去《かこ》と、**ちゃんと向《む》き合《あ》わなきゃダメかもしれない。**

夜見坂君《よみさかくん》に、これ以上負担《いじょうふたん》をかけないためにも。

わたしは夜見坂君《よみさかくん》の顔《かお》を見《み》ながら、心《こころ》の中《なか》でそう決意《けつい》した。

エピローグ

真夜中の夜見坂家。

その中の一室で、家政婦の佐々木はスマホを片手に話していた。

「はい。今回のことで**一ノ瀬夏音の力が目覚めつつある**ことが、わかりました」

電話をしながらも、佐々木の表情は変わらない。

「見立て通り、かなり高位の神格の力だと思われます。今は自分自身で意識的に使うのは、むずかしいでしょう。……はい……そうです。まだ見守るべきかと」

しんと静まり返った部屋の中で、佐々木の無機質な声だけが響く。

「夜見坂悠斗も、期待通りの働きを見せています。……わかりました」

佐々木が、小さく息を吐く。

「**夜見坂悠斗が受け皿になれるのかどうか**。今後も監視します」

おまけ 怪《かい》異《い》リサーチ！②

続《つづ》いては、**ヴァンパイア**についてお願《ねが》いします。

そんなふくれっ面《つら》で言《い》わなくても。

ヴァンパイアが一ノ瀬《いちのせ》さんにしたことを考《かんが》えたら、こんな顔《かお》にもなるよ。

心配《しんぱい》しくれるのは、うれしいけどね。ヴァンパイアについてだよね。ヴァンパイアの原型《げんけい》は、**数千年前**《すうせんねんまえ》から伝承《でんしょう》で語《かた》られているの。

ずいぶん古《ふる》い怪異《かいい》なんだね。ん？ 原型《げんけい》？

そうなんだ。今《いま》よく知《し》られているヴァンパイアとは全然違《ぜんぜんちが》ってね。死体《したい》が動《うご》き出《だ》して、人《ひと》を襲《おそ》うというものなんだよね。

それって、**ゾンビ**じゃないの？

ヴァンパイアはアンデッドだから、まったく別物《べつもの》ってわけでもないだろうね。中国《ちゅうごく》でも**吸血鬼**《きゅうけつき》の話《はなし》があってね。こちらも死体《したい》がよみがえるんだ。

ヴァンパイアは、もともと動《うご》く死体《したい》からきているってこと？

そうなるね。今《いま》の整《ととの》った顔立《かおだ》ちで、言葉《ことば》をしゃべって人《ひと》の世界《せかい》にとけこんで生活《せいかつ》している。そんなヴァンパイアの姿《すがた》になったのは、19世紀《せいき》の話《はなし》なんだ。１８７２年《ねん》にシェリダン・レ・ファニュの『**カーミラ**』、１８９７年《ねん》にブラム・ストーカーの『**吸血鬼**《きゅうけつき》**ドラキュラ**』という小説《しょうせつ》が出版《しゅっぱん》されたの。この2作《さく》で描《えが》かれるヴァンパイアが、今一般的《いまいっぱんてき》になったヴァンパイアのイメージの元《もと》だと言《い》われてるんだ。

つまり創作《そうさく》ってこと？

小説自体《しょうせつじたい》はね。でも、『吸血鬼《きゅうけつき》ドラキュラ』にはモデルがいるの。

ヴァンパイアのモデル？

そう。実在《じつざい》した人物《じんぶつ》で、**ヴラド・ツェペシュ**という今《いま》のルーマニアのトランシルヴァニア地方《ちほう》にあった、ワラキアを治《おさ》めていた大公《たいこう》なんだ。

その人《ひと》がどうして、ヴァンパイアのモデルになったの？

当時《とうじ》、ワラキアはオスマントルコ帝国《ていこく》という大国《たいこく》に負《ま》けていたの。でも、ヴラド・ツェペシュが大公《たいこう》になってから、帝国《ていこく》に反抗《はんこう》した。それで帝国《ていこく》は怒《おこ》って大軍《たいぐん》を率《ひき》いて攻《せ》めてきたんだ。

戦《たたか》いになったんだね。聞《き》いた感《かん》じだと、だいぶ国《くに》の大《おお》きさに違《ちが》いがありそうだけど。

当時《とうじ》のオスマントルコ帝国《ていこく》の力《ちから》は強大《きょうだい》で、ワラキアでは敵《かな》わないと思《おも》われていたみたい。でも、ヴラド・ツェペシュはこの帝国《ていこく》の侵略《しんりゃく》からワラキアを守《まも》りぬいたの。

ワラキアからしたら英雄《えいゆう》だよね。どうしてヴァンパイアのモデルになったの？

それが帝国《ていこく》を撃退《げきたい》した方法《ほうほう》が、とても残酷《ざんこく》でね。帝国《ていこく》の人《ひと》の死体《したい》を串刺《くしざ》しにして、並《なら》べたの。それを見《み》て、帝国《ていこく》は戦意《せんい》をなくして撤退《てったい》したんだって言《い》われてる。

それはまた……ヴァンパイアのモデルにもなるわけだ。そんな『吸血鬼《きゅうけつき》ドラキュラ』から、ヴァンパイアのイメージが変《か》わったんだよね？

うん。ヴァンパイアが爵位《しゃくい》を持《も》ったり、とても強《つよ》い存在《そんざい》なのもドラキュラで描《えが》かれたことの影響《えいきょう》が大《おお》きいんだ。そして、そのイメージを引《ひ》き継《つ》ぎつつ、弱点《じゃくてん》も言《い》われるようになったの。

にんにくとか**十字架**《じゅうじか》が苦手《にがて》とか？

そう。死体《したい》からよみがえるヴァンパイアの昔《むかし》からある伝承《でんしょう》では、それらが苦手《にがて》だとされていたんだ。そういった弱《よわ》みと、ドラキュラで描《えが》かれる強《つよ》さがあわさったのが、今《いま》のヴァンパイアのイメージの元《もと》になった、と言《い》われてるんだよ。

つまり、多《おお》くの人《ひと》に知《し》られたことで、ヴァンパイアは不死者《ふししゃ》の貴族《きぞく》として姿《すがた》を変《か》えたってことだね。山《やま》の神《かみ》がそうだったけど、世界中《せかいちゅう》の人《ひと》が信《しん》じたことで、ヴァンパイアの力《ちから》になった。

わたしはオカルトとしてしか、ヴァンパイアは語《かた》れないけど、本物《ほんもの》の怪異《かいい》としての力《ちから》の強《つよ》さを説明《せつめい》するなら、そうなんだろうね。オカルトの世界《せかい》でヴァンパイアを知《し》らない人《ひと》なんていないし、今《いま》でもヴァンパイアの話《はなし》は増《ふ》え続《つづ》けているし。

まだまだヴァンパイアは強《つよ》くなるってことか。それでも、次《つぎ》こそルイを倒《たお》してみせるよ。

ヴァンパイアは強《つよ》いけど、弱点《じゃくてん》も多《おお》いからね。サポートできるように、がんばるよ！

参考文献
「日本現代怪異事典」朝里樹（笠間書院）
「ヴァンパイア 吸血鬼伝説の系譜 Truth In Fantasy 32」森野たくみ（新紀元社）
「図解 吸血鬼 F-Files No.006」森瀬繚 静川龍宗（新紀元社）

作／秋木真（あきぎしん）

静岡県生まれ、埼玉県育ち。AB型。『ゴールライン』（岩崎書店）でデビュー。主な作品に「怪盗レッド」シリーズ、「少年探偵 響」シリーズ、「探偵七音はあきらめない」シリーズ、「黒猫さんとメガネくん」シリーズ（以上角川つばさ文庫）、「リオとユウの霊探事件ファイル」シリーズ（集英社みらい文庫）、「悪魔召喚！」シリーズ（講談社青い鳥文庫）などがある。

絵／灰色ルト（はいいろると）

イラストレーター。ダークな世界観で人気を集める。イラストを担当した児童文庫に『願いごとガチャ』（野いちごジュニア文庫）がある。

ワサビ食べられる？ POPLAR KIMINOVEL

ポプラキミノベル（あ-10-02）

半妖《はんよう》リサーチ！

②美しきヴァンパイア、あらわる!?

2024年8月　第1刷

作	秋木 真
絵	灰色ルト
発行者	加藤裕樹
編　集	松田拓也
発行所	株式会社ポプラ社
	〒141-8210　東京都品川区西五反田3-5-8 JR目黒MARCビル12階
ホームページ	www.kiminovel.jp
印刷・製本	中央精版印刷株式会社
ブックデザイン	石沢将人＋ベイブリッジ・スタジオ
フォーマットデザイン	next door design

この本は、主な本文書体に、ユニバーサルデザインフォント（フォントワークスUD明朝）を使用しています。

ISBN978-4-591-18256-7 N.D.C.913　176p　18cm

P8051120

歴史《れきし》ゴーストバスターズ
あさばみゆき／作
左近堂絵里《さこんどうえり》／絵
15万《まん》部《ぶ》突《とつ》破《ぱ》!!
歴《れき》史《し》×バトル＋ちょいラブ(!?)＝最《さい》強《きょう》!!
⑦新時代の字消士、大集結!
⑧眠りの御子と雪の字消士

ポプラキミノベル
狐《きつね》屋《や》コオリ
謎多《なぞおお》き「最凶最悪《さいきょうさいあく》」の不良《ふりょう》。しかし、その正体《しょうたい》は悪霊《あくりょう》を退治《たいじ》する「字消士《じけしし》」！
天《あま》照《てる》和《わ》子《こ》
成績優秀《せいせきゆうしゅう》・容姿端麗《ようしたんれい》ながら、その性格《せいかく》から皆《みな》に恐《おそ》れられている「最強歴女《さいきょうれきじょ》」。
最《さい》強《きょう》×最《さい》凶《きょう》のふたりがコンビを組《く》んだ
悪《あく》霊《りょう》化《が》した歴《れき》史《し》人《じん》物《ぶつ》を予《よ》想《そう》し、魂《たましい》を救《すく》え
って、わたし、ユーレイは怖《こわ》いんだが!!
① 最強×最凶コンビ結成!?
② ライバル登場!? ドキドキ合宿!
③ 狐屋のひみつとキケンな三角関係!?
④ 歴女失格!? お泊まり会で大波乱の夏休み!
⑤ おまもりのクシと二人のきずな
⑥ 消えてくれるなコオリくん!

恋《こい》と地球に本気でむきあう大人気シリーズ！
first love
初《はつ》恋《こい》タイムリミット
time limit
もよろしくね！
わたし、上《うえ》野《の》真《ま》帆《ほ》。
小6だよ。
ある日、
初《はつ》恋《こい》の人・日《ひ》比《び》谷《や》くんが
大《だい》災《さい》害《がい》に巻《ま》きこまれる夢《ゆめ》
を見て……！
!?
目が覚《さ》めたら、腕《うで》に
フシギな時計が
ついていたの。
しかも、
日《ひ》比《び》谷《や》くんとおそろい！
11:30
20390415
14:30